누가 뭐래도 하마

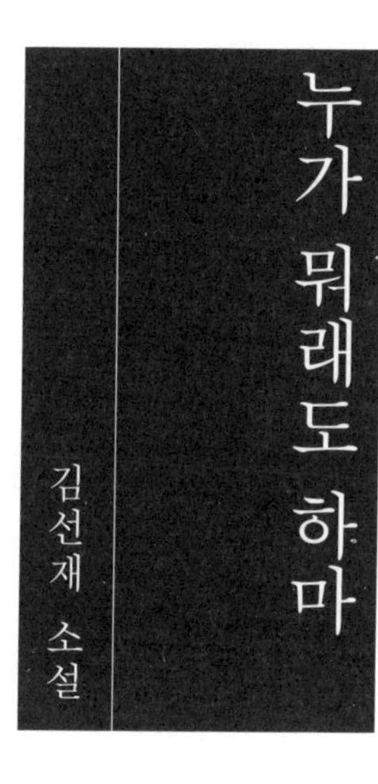

누가 뭐래도 하마

김선재 소설

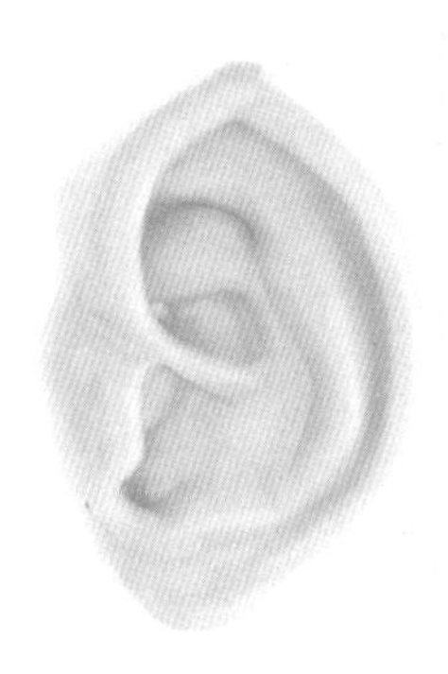

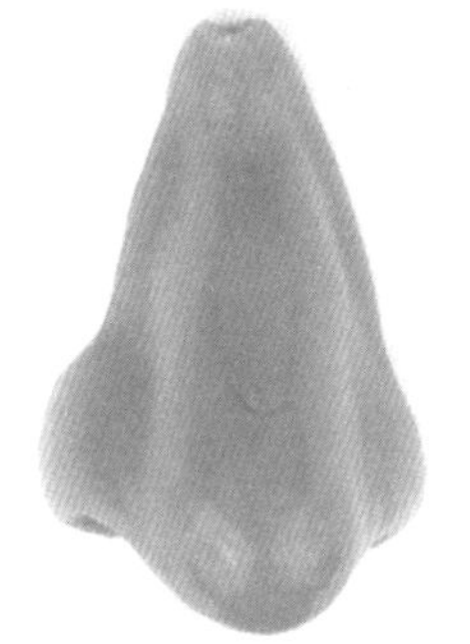

민음사

차례

누가 뭐래도 하마

양은 부옇게 떠오르는 창문을 바라보다가 문득 자신이 희미해지고 있다고 느낀다. 무심코 이불 바깥으로 꺼낸 팔이 안개에 갇힌 것처럼 흐릿하게 보이는 거다. 잠에서 덜 깬 탓인가. 이번에는 눈에 낀 눈곱을 꼼꼼히 비벼 떼고 흐린 빛이 새어 드는 허공에 두 손을 뻗어 본다. 살색 글러브를 낀 것처럼 두툼하고 둥근 손의 윤곽은 여전히 희뿌옇고, 희미하다. 게다가 손바닥의 얼키설키한 핏줄이 반투명한 젤리처럼 훤히 드러나 보이기까지 한다. 양은 얼떨떨한 기분으로 오른손으로 왼손을 세게 쥐었다

놓은 다음 눈과 코와 귀와 어깨를 더듬는다. 있어야 할 것들은 여전히 거기 있지만 딱히 새삼스러운 느낌도 아니다. 평소에도 코와 귀와 눈이나 어깨를 특별히 실감한 적은 없었던 탓일 거다. 그뿐이다. 양은 손가락이 닿는 부위가 코인지 손톱인지 얼굴인지 목인지를 잠시 생각하다가 두 손바닥에 얼굴을 묻고 만다. 손에서 고춧가루나 마늘, 양파의 아린 냄새가 끼친다. 그건 분명하다. 그게 지금 양이 아는 전부다. 언젠가부터 양은 자신이 어제와 다름없는 일상을 보내야 하고 내일도 그럴 거라는 사실도 안다. 그런 건 누가 가르쳐 주지 않아도 저절로 알게 되는 것이다.

그냥 잠이나 더 잤으면. 양은 이불을 이마까지 끌어 올리며 중얼거린다. 아무리 자도 눈알이 뻑뻑하고 몸은 젖은 하마처럼 무겁기 그지없다. 어쩌면 희미해지는 것보다 그쪽이 더 이상한 일인 것 같다. 원래도 쉽게 피로를 느끼는 편이었지만 최근 들어 그 정도가 더 심해진 느낌이다. 아닌 게 아니라 양은 몸속에 하마 한 마리가 살고 있는 것 같다는 생각을 자주 한다. 언젠가 보았던 딱 그만 한 하마. 집채만 한 유리 수조에 하마를 가둬 놓은 그 동물원에 간 게 언제였는지는 모른다. 양이 기억하는 것이라고는 그 수조 속을 헤엄치던 하마뿐이다. 유리 수조에 다닥다닥 붙은 아이들을 향해 물거품을 뿜어 올리며 다가오던 그 하마를 양은 홀린 듯 바라보았다. 하마의 움직임을 따라 소용돌이치며 바닥으로 가라앉던 햇빛과 일렁거리는 물결은 이 세상의 것이 아닌 것 같았다. 눈이 부셔 똑바로 쳐다보기가 어려울 정도였다. 그 하마가 양의 눈앞에서 물보라를 일으키며 다시 천천히 멀어져 간 건 한 무리의 아이들이 지나가고 난 뒤였다. 물속을 둥둥 떠다니던 풀색 똥을 기억해 낸 양이 미간을 찌푸린다. 그런 건 태어나서 처음 보는 광경이었다. 물론 그게 의도된 상황이 아니었다는 걸 안다. 사람이 보거나 말거나 먹고 싶은 대로 먹고 싸야 할 때 싸는 게 동물의 할 일이니까. 양이 생각하기에 하마는 그걸 가장 우아하고 당당하게 해내는 동물이었다. 그건 배워서 익히는 것이 아니라 애초부터 자신도 모르게 타고나는 자연스러운 몸짓이었다. 그렇게 보였다.

엄마는 그 모든 일을 그저 신의 뜻이라고 여겼다. 양이 맨발로 돌아오거나 비에 쫄딱 젖어 돌아오는 날에도 그 말밖에 할 줄 몰랐다. 그 말은 또래의 아이들이 양에게 과자 부스러기를 던지거나 모래를 뿌리는 것 또한 신의 계획이라는 말처럼 들렸다. 그 계획을 이해하고 받아들이는 것이 가족이 할 일이라고 엄마는 타이르듯 말했다. 정말이지 이해하기 어려운 말이었다. 받아들이지 않으면요? 양은 그렇게 묻고 싶었지만 어느새 눈을 질끈 감고 중얼중얼 기도하는 엄마를 보고 입을 다물었다. 그런 일들이 반복되면서 양은 신발이나 우산, 혹은 가방이 수시로 없어지는 일상이 신의 뜻과 아무 상관 없는 일일 거라고 여기기 시작했다. 유일무이하다는 그 신에게 그런 것들을 살필 여유가 있을 리 없었다. 엄마는 그걸 몰라서 틈만 나면 양의 작고 두툼한 두 손을 맞잡고 울며 기도하기 일쑤였다. 어느 순간부터 그 기도가 끝나야 밥을 먹을 수 있다는 걸 알게 된 양도 자주 엄마를 따라 기도하는 심정으로 먹고 싶은 것들을 떠올렸다. 그 시간만이 유일하게 위안이던 시절이었다.

문밖에서 짝짝, 박수를 치는 소리가 들려온다. 유조 씨가 일어난 모양이다. 유조 씨는 일어나면

바로 거실로 나와 양 손바닥을 맞부딪치거나 목을 돌리고 팔다리를 사방으로 휘젓는, 별로 운동 같지 않은 동작들로 하루를 시작한다. 유조 씨가 그 과정을 날마다 규칙적으로 반복하는 덕분에 양은 시계를 보지 않고도 시간을 짐작할 수 있다. 일어나야 할 시간이다. 그러지 않으면 쉴 틈 없는 잔소리가 건너올 게 뻔하다. 이 시간까지 자빠져 자는 건 사람이 아니다. 언제 사람이 될래. 어? 양이 생각하기에 자신은 내내 사람이었지만 유조 씨는 걸핏하면 그렇게 말한다.

느릿느릿 이불 속에서 빠져나온 양은 머리맡에 벗어 두었던 옷을 대충 꿰어 입고 산발이 된 머리를 그러모은다. 단지 옷을 입고 머리를 묶었을 뿐인데도 숨이 차고 땀이 흐른다. 사람이라면 사람답게 덜 먹고 더 움직여야 한다. 유조 씨는 양의 숨소리가 가빠지거나 땀을 흘릴 때도 그렇게 말했다. 유조 씨가 자신의 느린 행동을 게으름으로 치부하고 소를 몰듯 닦달해 댈 때마다 양은 더 땀이 나고 더 숨쉬기가 어려웠다. 양은 양말을 채 신지도 못하고 재빨리 방문을 연다. 방문을 먼저 여는 것이 양이냐 유조 씨냐에 따라 잔소리의 층위가 달라진다는 걸 이제 안다. 다가온 유조 씨가 가쁜 숨을 몰아쉬는 양을 훑어보며 목에 걸린 열쇠를 건넨다.

오밤중에 뭘 훔쳐 먹은 건 아니지? 그건 개돼지도 안 하는 짓이다.

양은 고개를 숙인 채 서둘러 유조 씨가 내민 열쇠를 받아 들고 부엌으로 간다. 등 뒤에서 혀 차는 소리가 건너온다. 유조 씨는 냉장고를 자물쇠로 채워 놓는 이상한 습관을 가진 사람이다. 식사 시간 외에는 늘 유조 씨의 목에 걸려 있는 그 열쇠를 손에 넣기 위해 양은 낮잠에 빠진 유조 씨에게 살금살금 다가가 보기도 했고 펜치를 이용해 자물쇠를 뜯으려는 시도는 물론 바닥에 주저앉아 발을 구르며 눈물로 호소해 보기도 했으나 유조 씨는 꿈쩍도 하지 않았다. 그럼에도 뭔가를 자신 몰래 먹는 게 아닌가 늘 의심의 눈초리를 거두지 않는 유조 씨를 향한 원망이 커지는 건 당연했다. 내가 먹으면 뭘 얼마나 먹는다고. 양은 그 말을 삼키며 자주 훌쩍였다. 훌쩍이다 보면 억울해지고 억울함은 곧잘 분노로 변하기도 했다.

그렇다고 양이 할 수 있는 일은 별로 없었다. 유조 씨는 양이 발버둥을 치면 문을 닫고 방으로 들어갔고 훌쩍이면 먼 곳을 보며 귀를 후볐을 뿐만 아니라 씻으러 들어갈 때도 결코 열쇠를 몸에서 떼어 놓지 않았다. 양은 이제 울거나 대꾸하지 않는다. 유조 씨는 자신이 듣고 싶은 말만 듣고 하고 싶은 말은 반드시 하는 사람이니까.

자기 몸을 돌보지 않는 건 사람도 아니다.

냉장고 열쇠를 건네며, 혹은 냉장고에 자물쇠를 채우며 하는 유조 씨의 그 말을 양은 밥을 먹어도 들었고 안 먹어도 들었으며 잘 때도 듣고 일어나서도 들었다. 그러다가 어느 순간부터 유조 씨의 잔소리가 시작되면 양은 중얼중얼 먹고 싶은 음식들을 왼다. 그러지 않고서는 도저히 그 시간을 견딜 수가 없다. 양이 생각하기에 자신은 뭔가를 훔쳐 먹는 사람이 아니라 단지 부은 게 살이 되는 체질을 가진 사람일 뿐이다. 엄마는 그런 양을 신이 세운 계획의 일부라고 했고 유조 씨는 걸핏하면 개나 돼지에 비교했지만 처음부터 신이나 개 혹은 돼지 사이에 양의 자리는 없었다. 양은 그저 양일 뿐이라고 양은, 말하고 싶었다. 그 생각을 입 밖으로 꺼낸 적은 없다. 그저 훌쩍였고 훌쩍이다 보면 배가 고파서 더 이상 아무 생각도 나지 않는다. 정말이지 양은 자신의 의지와 무관한 일들로 자주 고통받는 편이다.

양은 재빨리 밥을 안치고 물을 받은 냄비에 멸치 서너 마리와 다시마 한 조각을 넣으며 어제 자신이 먹은 것들을 더듬어 본다. 아무리 생각해도 어제 먹은 거라고는 밥과 고구마 서너 개에 몇 잔의 물, 유조 씨가 먹다 남긴 사과 반쪽이 전부다. 이럴 때 엄마가 있었더라면 좀 나았을까. 적어도 엄마는 개돼지를 운운하지는 않을 테니까. 양은 국물에 된장을 풀고 다듬어 놓은 아욱을 손으로 뜯어 국에 넣으며 눈물을 찔끔 흘린다. 더럽고 치사해서 안 먹는다. 국 냄비를 노려보며 그렇게 중얼거리기도 한다. 보글보글 끓고 있는 아욱국 냄새가 코끝에서 진동한다. 참을 수 없는 허기가 밀려온다. 양은 다시 서러워진다. 정말이지 그건…… 병이에요. 누군가 그렇게 말한 적이 있다. 이유도 모른 채 양은 그런 말을 들었다. 그 순간은 정말 아픈 거 같았다. 개처럼 울다 사람처럼 울다 종내에는 발버둥치며 땅바닥을 굴러다닌 건 그 때문이었다. 물론 시도 때도 없이 배가 고파 그런 말을 들은 건지 그런 말을 들어서 배가 고픈 건지조차 나중에는 잊어버리고 말았다. 그때마다 엄마가 곁에 있었는데, 이제 없다. 그게 언제였는지도 확실히 기억나지 않는다. 양은 기억의 많은 부분을 잃어버렸고 잃어버린 다음에는 잃었다는 사실도 자주 잊는다. 양이 아는 것이라고는 어느 순간 엄마는 사라졌고 자신은 누군가에게 이끌려 보호시설에 맡겨졌다는 사실이 고작이다.

어쩌자고 이런 것을…….

양을 데리러 온 유조 씨의 첫마디는 그랬다. 대답을 어떻게 해야 할지 망설이던 양은 수줍게 고개를 끄덕였다. '이런 것'이 뭔지 몰라도 그곳을 나올 수만 있다면 뭐라도 해야 했다. 그곳에 머무는 동안 먹은 것이라고는 일정한 양의 식사와 요거트나 과일 몇 개가 전부였는데 정말이지 그건 원래 양이 먹던 양에 비하면 하루 간식 정도밖에 되지 않는 양이었다. 도저히 견딜 수가 없었다. 늘 하던 대로 양은 바닥을 구르며 울었고 울다가 다시 발버둥을 치며 머리를 쥐어뜯었다. 처음에는 놀란 복지사가 달려오기도 했지만 이내 그들은 양의 행동에 철저히 무관심으로 대응했다. 치킨이나 아이스크림 봉지를 든 엄마가 양을 데리러 오는 일도 일어나지 않았다. 달리 선택의 여지가 없었다.

어쩌자고 이런 것을…….

돌아오는 길에도 여러 번 그렇게 중얼거리며 먼 산을 바라보던 유조 씨에게 양은 그 말뜻을 끝내 물어보지 못했다. 뒤도 돌아보지 않고 걸어가는 유조 씨를 쫓아가는 것만으로도 숨이 차서 생각 같은 걸 할 겨를이 없었다.

8신데 뭐 하냐.

운동과 명상을 끝낸 유조 씨가 거실 쪽에서 소리친다. 유조 씨의 식사 시간은 오전 8시, 오후 1시, 저녁 6시다. 그건 태풍이 오거나 폭설이 내리거나 누가 아프거나 나라 전체가 슬픔에 빠져도 변하지 않는, 유조 씨만의 규칙이다. 실제로 유조 씨는 어떤 일이 있어도 평생 식사를 거른 적이 한 번도 없다는 말을 자랑처럼 반복한다. 한 번만 해도 될 것을 생전 처음 말하는 것처럼 두 번, 세 번, 네 번씩 말한다. 밥이 질거나 국이 싱거워도 마찬가지다. 그런 유조 씨의 식성을 살피는 일은 여간 까다로운 일이 아니라서 양은 매번 조마조마한 심정이다. 그런 심정으로 밥을 안치거나 국을 끓이다 보면 또 뭔가 더 넣거나 덜 넣는 것이 생겼는데 유조 씨는 한 번도 그냥 넘어가는 법이 없다. 양이 수시로 유조 씨의 표정을 살피는 건 그 때문이다. 쏟아지는 잔소리를 견디며 뭘 먹어야 하는 일은 뭘 안 먹는 것만큼이나 힘든 일이다. 뭐라도 지금보다 나은 것들을 떠올려야 한다. 양이 한 번밖에 못 먹어 본 것, 두어 번 먹었으나 배불리 먹지 못했던 것, 옛날에 먹었던 것, 자주 먹지만 먹을 때마다 맛있는 것들을 떠올리는 이유다. 삶에서 희망을 만들어 내는 것이야말로 인간이 하는 일 중 가장 멋진 일이라는 말을 들은 뒤로는 더 자주 그것들을 떠올린다. 그 말을 처음 들은 건 유조 씨가 아침마다 듣는 라디오 방송에서였는데 그렇게 근사한 말은 처음이었다. 그 뒤로는 가끔 초콜릿을 먹듯 그 문장을 입안에서 천천히 되새긴다. 그러다 보면 입 안 가득 침이 고여 죽을 맛이지만 한편으로는 그 죽을 맛이 양을 사람으로 살게 만드는 힘인 것 같기도 하다. 유조 씨가 자주 강조하는 것도 사람이 되는 것이었으니 그건 전혀 나쁜 일이 아니다. 그러나 가끔은, 이유 없이 목이 메인다. 유조 씨는 한 번도 느끼지 못했을 것 같은 그런 감정이다. 김치 한 조각도 신중히 들었다 놓기를 반복하는 유조 씨는 먹는다는 행위 외에 어떤 생각도 없는 듯하다. 밥과 국을 번갈아 떠먹으며 밥의 질기와 국의 간을 가늠하는 유조 씨를 보다 보면 저절로 그런 생각이 든다. 양도 먹을 때는 먹을 것만 생각하는 편이지만 가끔은 그게 잘 안 되는 날도 있다. 얼마 전 유조 씨 몰래 숨겨 두었던 삶은 달걀을 먹던 순간도 그중 하나다. 방문 뒤에 숨어 달걀을 까고 있었다. 정말 그뿐이었는데 가슴에서 손가락 끝으로 전기가 흘러가듯 저릿해지고 목이 메었다. 양은 깐 달걀을 얼른 입에 넣었다. 씹을수록 목이 아팠고 가슴이 뜨거워졌다. 결국 씹던 것을 뱉어 낼 수밖에 없었다. 처음 있는 일이어서 얼떨떨한 기분이었다. 목구멍 깊숙한 곳에서 굵고 거친 손이 자라나 목구멍을 옥죄는 것 같았다.

대체 짜면 안 된다고 몇 번을 말하는지.

순가락을 놓으며 유조 씨는 그렇게 말하고 양은 웅크린 하마처럼 말이 없다.

*

여행은커녕 그 흔한 친목 모임조차 없는 유조 씨는 외출도 규칙적이다. 오전에는 주로 도서관에서 신문을 찾아보거나 예약한 병원을 방문하고 오후에는 천변을 산책한 뒤 장을 봐서 돌아오는 게 유조 씨의 일과다. 고작 서너 시간이 전부지만 어쨌든 하루 종일 얼굴을 맞대고 있어야 하는 것보다는 그쪽이 훨씬 낫다. 덕분에 양은 유조 씨가 없는 틈을 타 허기진 고양이처럼 늘 집 안 곳곳을 뒤진다. 언젠가 옷장 속에서 견과류 봉지를 찾아낸 이후로는 더 그 짓을 멈출 수가 없다. 몸이 무겁고 숨이 차서 움직이는 게 쉽지 않았지만 잠긴 냉장고를 노려보며 시간을 보내는 일도 결코 사람이 할 짓이 아니기는 마찬가지였다.

뭐가 많은 집이다. 그 많은 것들 중에 반짝거리거나 좋은 냄새가 나는 건 없다. 장롱의 문짝에 붙어 있던 새들은 날개가 떨어져 나가고 없거나 아예 자국만 남은 게 대부분이고 서랍장은 층층이 내려앉아 여닫기가 어려울 뿐만 아니라 찬장 속에는 기름 먼지투성이가 된 마른 고추나 소면, 당면 따위가 전부였다. 물론 삭아 가던 소면과 당면도 다 먹어 치워 이제 가루밖에 남지 않았다. 양은 물에 불려 씻어 먹던 당면의 식감을 떠올리며 안방으로 들어간다. 얼마 전 유조 씨가 혼자 뭔가를 오물거리며 이불장 문을 여닫던 걸 기억해 냈기 때문이다. 이불장 안은 축축하고 어둡다. 손을 대면 검은 물이 뚝뚝 떨어질 것처럼. 뭐든 숨기기에 적당한 곳이라고 양은 생각한다. 입술을 깨물고 손을 뻗어 이불 더미를 헤집는다. 뭔가가 손끝에 닿는다. 가슴이 두근거린다. 이불장 안으로 들어갈 기세로 양은 온몸을 기울여 그것을 꺼낸다. 겨우 꺼낸 그것은 먹을 것과 아무 상관 없어 보인다.

고작…… 책이라니. 아니, 책처럼 생긴 사진첩이다. 실망한 양은 숨을 헐떡이며 신경질적으로 사진첩을 넘긴다. 젊은 유조 씨와 낯선 여자가 엄마를 닮은 계집아이를 사이에 두고 서 있거나 젊은 엄마가 혼자 풀밭에 주저앉아 있고 적당히 늙은 유조 씨가 덩그러니 앉아 있는 사진들 일색인 그 사진첩은 양이 알거나 알 것 같은 얼굴들로 수두룩하다. 먹을 것도 아닌데 이걸 왜 이불장 속에 숨겨 뒀을까. 고개를 갸웃거리던 양은 우연히 맞은편에 걸린 거울 속의 양과 눈이 마주친다. 살이 올라 눈과 코와 입이 아주 작아 보이는 그 얼굴은 좀 전에 양이 본, 알거나 알 것 같은 사람들 중 그 누구와도 닮지 않은 모습이다. 양은 엉덩이로 바닥을 밀며 거울 가까이 다가간다.

거울 속의 자신을 더듬으며 시간을 보내던 적이 있다. 어린 양이 누구냐고 물으면 누구냐고 따라 묻던. 자주 갇히던 시절이었고 그 시간만큼은 갇혔다는 걸 잊을 수 있어서 좋았다. 그 횟수는 엄마가 신의 시험에 드는 횟수와 비례했다. 보이지도 않고 대답도 하지 않는 신이 왜 그런 고약한 일을 하는 건지 알 수는 없었지만 엄마의 말을 따져 물을 틈이 없었다. 그저 토끼처럼 엄마가 모는 대로 갇혀 문이 다시 열리기를 기다리는 수밖에. 처음에는 늘 그랬던 것처럼 온몸을 비틀며 악을 썼지만 그래 봤자 배만 고프고 시간이 훨씬 더디 간다는 걸 아는 데에는 오랜 시간이 걸리지 않았다. 양은 곧 크레파스나 사인펜으로 거울 속에 비친 자신을 꾸미는 일에 집중했다. 시간을 견디기에는 그쪽이 훨씬 나았다. 잠긴 문은 대개 거울에 그린 선과 면이 뭉개지고 색과 색이 덧대져서 마침내 하나의 검은 덩어리로 변할 때쯤에야 열리곤 했는데 문고리를 쥐고 선 엄마의 얼굴도 그와 비슷했다. 눈가는 번지고 입술은 지워져서 꼭 얼굴이 흘러내리고 있는 사람.

얼마나 오래된 일인지 알 수 없다. 양에게 기억이란 색과 선과 질감으로 존재하는 것이라서 그 이야기들은 조각난 거울처럼 머릿속 여기저기 흩어져 있으니까. 다만 양은 손가락으로 거울 속 자신의 윤곽을 훑으며 흐릿한 얼굴을 바라본다. 어딘가 잘못된 것 같다고 느끼지만 어디서부터 뭐가 잘못되었는지 알 수 없다. 숨이 가빠 오고 자꾸 손끝이 저려 온다. 정말이지 그건…… 병이에요. 누군가 그렇게 말한 적이 있다. 이유도 모른 채 양은 어려서 자주 그런 말을 들었다. 그 말을 다시 떠올리자 어쩐지 여기저기가 아파 온다. 양은 통증이 자라는 손끝을 주무르며 숨을 몰아쉰다. 살을 빼면 모든 병이 낫는다고 단언하던 유조 씨의 말을 떠올리기도 한다. 살이 빠지면 자신의 얼굴도 아는 얼굴과 알 것 같은 얼굴들과 비슷한 그런, 얼굴이 될까. 문득 양은 그게 궁금하다. 문밖 먼 곳에서 귀에 익은 헛기침 소리가 들려온다. 유조 씨다. 유조 씨가 돌아온다. 양은 허둥지둥 사진첩을 다시 이불 더미 속으로 밀어 넣은 다음 그 방을 나온다.

아무리 미쳤어도…… 사람이라면 언젠가는 돌아오겠지.

엄마의 행방을 묻는 양에게 유조 씨는 그렇게 대답하고 입 속에서 생선뼈를 퉤퉤 골라 뱉어 내며 밥 한 공기를 남김없이 비운다. 심장 때문이라고 한다. 양이 보기에 유조 씨는 심장을 걱정하느라 그 외의 것들은 모두 대수롭지 않게 생각하는 경향이 있다. 자신의 취향에 집중하느라 자주 양의 취향과 식성을 잊는 편이기도 하다. 문제는 유조 씨가 양의 취향과 식성을 잊는 데서 그치는 게 아니라 자신의 취향을 양에게도 강요한다는 사실이다. 엄마가 가뒀다 풀어 준 다음에는 양에게 배가 터지도록 고기를 구워 주던 것에 비해 유조 씨는 고기를 포함해 그간 양이 마음껏 먹어 왔던 대부분의 것들을 사람이 먹을 수 없는 것들이라 치부하기 일쑤다.

약으로 키우는 걸 먹고 컸으니 그렇게 발광을 하는 거다.

가끔 참다못한 양이 주린 배를 움켜쥐고 울거나 발버둥을 칠 때면 유조 씨는 그렇게 말하며 다시 개나 돼지를 들먹였다. 그런 말을 듣지 않으려면 유조 씨가 정한 양의 음식만 먹어야 했는데 그건 여러모로 견디기 힘든 양이어서 양은 종종 차라리 개나 돼지가 되고 싶기도 했다. 덜 슬프고 덜 굶을 수만 있다면 그게 나을 것 같았다.

물론 그런 일은 일어나지 않는다. 아무 일도 일어나지 않는 나날이다. 매일매일 유조 씨는 맑은국과 흰 살 생선에 두부와 잡곡밥을 먹고 아몬드 스무 알과 각종 제철 과일까지 후식으로 챙겨 먹은 후 호두 두 알을 굴리며 외출했다가 흰 살 생선이나 두부, 채소 따위를 사서 귀가한다. 김치도 채소밭을 가꾸는 이웃의 노파에게 돈을 주고 대 먹고 쌀은 친척이 보증한 친척의 이웃이 보내오는 쌀만 고집했다. 마치 그게 사람으로 태어난 자들의 임무나 의무라는 듯. 양이 이 집에 와서 처음 배운 건 그런 유조 씨의 취향과 식성들이었다.

사람이라면 늘 훗날을 대비할 줄 알아야 한다. 유조 씨는 그렇게 말했다. 양이 이 집에 온 지 얼마 지나지 않았을 때다. 밥을 배불리만 먹을 수 있다면 훗날이고 전날이고 열심히 대비할 자세가 되어 있던 양은 이웃의 노파에게서 밥하는 법을 배웠고 국 끓이는 법을 배웠다. 왜 그런 걸 자신이 해야 하는지는 잘 몰랐지만 이곳에서 엄마가 돌아오기를 기다리는 동안은 뭐라도 해야 할 것 같았다. 사실은 끊임없이 솟아나는 허기를 면하려면 그 수밖에 없었다. 양은 밥을 안치며 생쌀을 씹거나 나물을 무치며 한두 입, 두부를 구울 때는 한두 조각씩 그것들을 입 안에 쑤셔 넣었다. 허기를 면하기에 터무니없는 양이지만 뭐라도 씹지 않으면 손이 떨리고 눈앞이 어둑해지는 탓에 참을 수가 없었다. 가끔 씹기를 멈추지 않는 자신의 입을 찰싹찰싹 때리기도 했다. 소용없는 짓이었다. 따지고 보면 양이 호시탐탐 유조 씨의 목에 걸린 열쇠를 노리는 것이 그렇듯이 유조 씨가 매일매일 혈압을 체크하고 요상한 운동을 하거나 온갖 몸에 좋다는 음식과 과일과 약을 챙겨 먹는 일도 별 소용없는 일이기는 마찬가지다.

환절기가 되면 유조 씨는 밤잠을 이루지 못하고 괴로워했다. 심장이 제멋대로 뛰어 혈압이 들쑥

날쑥하다는 게 이유였다. 꾀병인가 싶어 들여다보면 식은땀을 흘리며 몸을 덜덜 떨었고 괜찮은가 싶어 방으로 돌아오면 고래고래 양을 불러 대기 일쑤였다. 의사나 간호사도 아닌 양이 할 수 있는 건 아무것도 없었음에도 유조 씨는 한사코 혼자 있으려 하지 않았다. 두렵다고 했다. 건강에 대해 모르는 게 없는 유조 씨는 대체 뭐가 무서운 걸까. 양은 그런 생각을 하며 유조 씨 곁에서 졸았다. 대개 그런 날은 새벽까지 자다 깨기를 반복하며 유조 씨의 비위를 맞춰야 했는데 가끔은 직접 구급차를 불러 응급실로 향하는 유조 씨를 따라가야 할 때도 있었다. 다리가 부러지거나 머리가 깨져 피를 철철 흘리는 사람들이나 새파랗게 질린 아이와 술주정을 하는 사람들 일색인 응급실에서 본 유조 씨는 너무나 멀쩡해 보였다. 그럼에도 유조 씨는 끊임없이 의사나 간호사를 붙들고 심장의 고통과 두려움을 호소하며 자신이 중환자임을 강조했다. 제대로 들어 주는 사람은 없었다. 오히려 의사가 관심을 보인 쪽은 한편에서 졸고 있던 양이었다. 물론 딱 한 번이었지만 양에게 이것저것 묻는 의사를 향해 유조 씨는 버럭 소리를 질렀다.

그쪽이 아니라 이쪽이라고.

그쪽이든 이쪽이든 마찬가지라는 걸, 양은 안다. 사람들은 다 제각각 사정이 있고 그 사정은 자신에게만 중요한 일이다. 그렇지 않고서야 저렇게 냉정하게 굴 수가 없다. 양은 식사가 끝나자마자 냉장고에 자물쇠를 채운 다음 태평한 표정으로 티브이를 보는 유조 씨를 몰래 흘겨본다. 밥을 먹은 지 한 시간도 채 지나지 않았는데 참을 수 없는 허기가 밀려온다. 종이라도 씹고 싶은 심정이다. 물론 유조 씨가 거실에 앉아 있는 동안에는 그마저도 쉽지 않은 일이다. 닦은 그릇을 다시 닦고 헹군 도마를 또 헹구며 눈치를 살피던 양은 쭈뼛거리며 유조 씨 곁에 다가가 앉는다. 티브이 속 화면은 온통 나지막한 나무에 매달린 붉은 열매들과 그 열매를 따는 눈이 크고 까만 얼굴의 아이들 일색이다. 맨발인 아이들이 자기 몸통보다 훨씬 큰 광주리를 짊어지고 화면 바깥으로 사라졌다가 다시 돌아오는 걸 보며 양은 아몬드 접시에 슬그머니 손을 뻗는다.

유조 씨, 저 아이들은 왜 저런 일을 할까요.

먹고살려고 하겠지.

접시 가장자리의 아몬드 두 알을 재빨리 잡아챈 양이 화면을 보지도 않고 다시 묻는다.

먹을 게…… 저거뿐인가 보죠?

네가 그러니 세상이 다 허술해 보이냐?

어처구니가 없다는 듯 실소를 터트린 유조 씨는 그렇게 말한 다음 접시에 남은 아몬드를 한꺼번에 움켜쥔다. 양은 차례차례 유조 씨의 입 속으로 사라지는 아몬드를 바라보며 이게 유조 씨가 말한 사람다워지는 길인지를 생각하다가 입술을 깨문다. 아몬드 두 알이라니. 뭔가 대단한 양을 기대한 건 아니지만 고작 두 알을 바란 것도 아니다. 밤은 길고 이제 숨겨 둔 음식도 없는데. 방으로 돌아온 양은 그렇게 중얼거린다. 하루하루 이렇게 배고픔과 싸워야 한다고 생각하니 딱 죽고 싶기만 하다. 물론 죽는다는 게 뭔지는 잘 모른다. 죽음은커녕 사는 게 뭔지도 잘 알 수가 없다. 학교를 그만둔 지 오래되어 그게 뭔지 물어볼 사람도 없다. 설령 여태 학교를 다닌다고 해도 상황이 마찬가지였을 거라는 걸, 양은 안다. 그 누구도 양의 말에 귀를 기울이거나 양에게 뭔가를 묻지 않았다. 그건 지금도 마찬가지다. 창 너머는 늘 이웃의 담벼락이나 닫힌 창문, 혹은 손톱보다 작은 새와 희끄무레한 햇빛이 고작이다. 엄마는 그저 기도하고, 기도하다 울고, 울고 난 후에는 양을 남겨 둔 채 집을 나갔다. 양이 엄마에 대해 기억하는 건 거의 그게 전부다. 가끔 처음 보는 사람들이 엄마와 함께 집에 오기도 했지만 그들이 와서 한 일도 엄마가 하는 일과 크게 다르지 않았다. 다들 기도밖에 모르는 사람들 같았다.

양은 불도 켜지 않은 방 안에서 손바닥을 멍하니 들여다본다. 손바닥에 얹힌 어둠처럼 아무 실감이 없는 실감을 생각한다. 떠오르는 건 역시 시퍼런 똥을 싸 대던 하마뿐이다. 거길 왜 갔는지는 기억나지 않는다. 거길 간 게 몇 살 때였는지도 알 수 없다. 사실은, 거기가 어딘지도 모른다. 풀이 죽은 양은 문을 열고 거실 쪽을 향해 묻는다.

유조 씨, 저는 몇 살인가요?

티브이에서 흘러나오는 목소리가 줄어드는가 싶더니 한참 만에 대답이 건너온다.

……니 어미가 알겠지.

그럴 수도 있다. 처음 나이를 세는 건 자신이 아니라 주변의 가까운 사람들이니까. 양에게는 그런 사람들이 없었을 뿐이다. 그러나 사람이라면 그 정도는 있어야 하고, 알아야 하는 거 아닌가. 그렇게 생각하자 어쩐지 양은 자신이 사람도 아닌 거 같아서 슬퍼진다. 이게 다 사람 타령을 하는 유조 씨 때문이다. 걸핏하면 못하는 것을 들춰 대는 덕분에 양조차 사람 타령을 하는 사람이 돼 버렸다. 그런데…… 못하는 것과 안 하는 것 중 어느 쪽이 나은 걸까. 양은 어느새 두 손바닥에 얼굴을 묻고 그런 생각을 한다. 자신이 안 한 것과 못한 것을 생각하고 센 것과 세지 못한 것을 헤아려 보다가 결국 혼자로 돌아온다. 거의 대부분의 시간을 혼자인 채 보냈지만 혼자라고 생각하니 정말 혼자가 된 것 같다. 누가 손으로 창자를 비틀어 짜는 것 같다. 허기를 수건 짜듯 짜낼 수 있다면 얼마나 좋을까. 그렇다면 좀 가벼워질 텐데. 좀 덜 힘들 텐데. 양은 주린 배를 움켜쥐고 엉거주춤 자리에서 일어난다. 손이 떨리고 식은땀까지 흐른다. 아득해지는 시야를 더듬어 문을 열고 비적비적 걸어 부엌으로 향하는 건 정말이지 양의 의지가 아니라 순전히 몸이 시키는 일이다. 양은 유조 씨가 있든 말든 밥통을 열고 김을 피워 올리는 밥을 한 주먹 움켜쥔다. 뜨거운 줄도 모르고 허겁지겁 밥알을 입 안으로 밀어 넣는다.

뭐 하냐.

유조 씨의 목소리가 들린다. 미처 삼키지 못한 밥알을 가득 입에 문 양은 아주 천천히 돌아선다. 입에 든 걸 조금이라도 더 씹고 싶다. 유조 씨가 양을 쳐다보고 있는 걸 알지만 도저히 씹는 걸 멈출 수가 없다.

……너무 배가 고파요.

씹은 것을 삼킨 다음에야 양은 웅얼거리듯 대답한다. 거짓말이 아니다. 밥이 없었다면 의자나 행주라도 씹어 삼켰을 거다. 양조차 그런 자신을 이해할 수가 없어 눈물이 날 지경이다. 양은 한 번밖에 못 먹어 본 것, 두어 번 먹었으나 배불리 먹지 못했던 것, 옛날에 먹었던 것, 자주 먹지만 먹을 때마다 맛있는 것들을 떠올린다. 그런 것들을 떠올리며 뚝뚝 눈물을 흘린다.

어쩌다 저런 걸…….

유조 씨는 그렇게 말할 뿐이다. 양은 그저 하마

처럼 목을 움츠리고 입에 든 걸 씹고 또 씹으며 그 말을 듣는다.

*

유조 씨가 양을 부른다. 양은 반사적으로 자리에서 일어나 허공을 걷는 기분으로 유조 씨의 방 쪽으로 간다. 형광등 불빛 밑에 하얗게 질린 유조 씨가 앉아 있다. 이부자리 옆에 어지럽게 널린 혈압계와 약봉지가 보인다. 이번에는 꽤 오랜만이라고 양은 생각한다. 불과 몇 시간 전에 오독오독 아몬드를 씹어 삼키던 모습과는 딴판인 유조 씨가 울먹이며 양을 올려다본다. 유조 씨가 바라볼 때는 대개 소리를 질러 댈 때라서 양은 유조 씨와 눈이 마주치기만 해도 머릿속이 하얘진다. 지금도 마찬가지다. 무슨 말을 해야 하는지 알 수가 없다. 땀이 나고, 숨이 가쁠 뿐이다. 양은 인중에 솟은 땀을 팔뚝으로 아무렇게나 문질러 닦으며 조심스럽게 입을 연다.

……마음을 편하게 먹어 보세요.

곧 죽게 생긴 사람 앞에서 그게 할 소리냐.

유조 씨가 버럭 소리를 지른다. 이 정도의 기력이라면 달리기를 할 수도 있을 텐데. 양은 목을 움츠리며 생각한다. 정말 유조 씨는 좀 여유로워질 필요가 있다. 하지만 지금은 어떤 말도 도움이 되지 않는다는 걸, 양은 경험으로 안다. 자신이 할 수 있는 건 그저 시간이 지나가기를 기다리는 게 전부다. 이유도 모른 채 기다리고 견디기를 반복한다. 어쩌면 그게 걸핏하면 숨이 찬 이유일지도 모른다. 유조 씨가 덜덜 떨며 손짓을 한다. 양은 무릎걸음으로 유조 씨 곁에 다가앉는다. 유조 씨가 손을 떨며 서류 봉투를 내민다.

만약에 무슨 일이 생기면…… 네가 잘 보관해야 한다.

좀 전까지만 해도 내리꽂을 것처럼 고함을 치던 유조 씨가 울먹거리며 말한다. 양은 언젠가 창문가로 날아왔던 나비를 기억해 낸다. 작고 얇은 날개를 가진, 햇빛처럼 희끄무레한 색깔의 그 나비는 창문가에서 한참을 가라앉을 듯, 떠오를 듯 날아다녔다. 나비를 그렇게 가까이 본 것은 처음이어서 아슬아슬한 기분이었다. 그사이에 나비가 될 수는 없어서 나비가 되는 상상을 하기도 했다. 모든 게 아주 잠깐이었다. 양의 눈앞에서 나비가 갑자기 내리꽂히듯 창틀로 떨어졌다. 양은 날개가 찢어진 채 창틀 사이에 끼어 꼼짝도 하지 않는 그걸 오래 들여다보다가 창밖으로 던졌다. 쓰레기통보다는 그쪽이 더 나비에 어울릴 것 같았다.

아무런 징조도 없이 오는 것. 양이 본 나비의 죽음은 그랬다. 물론 사람은 나비처럼 어느 날 갑자기 죽음 속으로 뚝 떨어지지는 않을 것이지만, 아무리 봐도 유조 씨는 곧 죽을 사람이라기보다 단지 겁에 질린 사람처럼 보인다. 겁에 질려 오도 가도 못 하고 점점 작아지는 아이. 양은 이미 두어 번 받았다가 되돌려 준 적이 있는 서류 봉투를 받아 든다. 걸핏하면 줬다 뺏는 그 봉투 안에 뭐가 들었는지 양은 모른다. 아마 앞으로도 그 안에 든 것이 무엇인지 알 일은 일어나지 않을 거다. 풀죽은 유조 씨가 허둥지둥 다시 혈압계를 찾는다. 팔뚝에 압박대를 감고 심호흡을 한 다음 혈압계의 버튼을 누르는 유조 씨의 침통한 표정은 봐도 봐도 늘 낯설다.

여전히 뭐가 많은 방이다. 또 이 방에서 밤을 새워야 한다고 생각하니 저절로 한숨이 나와 양은 이리저리 방 안을 둘러본다. 그러다가 아무렇게나 던져 놓은 옷더미에서 시선을 멈춘다. 낯익은 열쇠줄이 보인 거다. 분명히 그건…… 냉장고 열쇠 줄이다. 자신이 발견한 게 그것이 맞다는 걸 확신한 양은 침을 삼킨다. 어지럽고 어수선했던 시야가 또렷해지기 시작한다. 가슴이 뛴다. 그게 거기 있다는 걸 모르게 하기 위해 뭐라도 해야 한다. 양은 다가앉으며 더듬더듬 묻는다.

유조 씨, 유조 씨는 뭐가 제일 무서워요?

유조 씨는 양의 말을 들은 척도 하지 않고 혈압계의 계기판만 뚫어지게 바라보고 있다. 적어도 지금 이 순간만큼은 아무것도 들리지 않거나 보지 못할 게 분명하다. 양은 침을 꿀꺽 삼키고 옷더미 속에서 열쇠를 낚아채 주머니에 쑤셔 넣는다. 등허리가 후끈해진다.

말하면 네가 알아듣기나 하냐?

잠시 후 유조 씨가 말한다. 좀 전과 사뭇 다른 어조다. 혈압계에 나타난 수치가 한결 나아졌다는 뜻이다. 이 밤에 구급차를 부를 일은 없을 거라는 뜻이기도 하다. 양은 어지간히 진정이 된 유조 씨가 잠들기를 기다리며 앉아 있다. 주머니 속의 열쇠를 떠올리며. 시간이 더디 흐르기는 하지만 역시 희망은 인간이 만들 수 있는 것 중 가장 근사한 거다. 자신의 심장이 뛰는 소리를 셀 수 있는 것도 오직 인간뿐이라는 사실을 유조 씨는 알까. 어느새 입을 벌린 채 잠이 든 유조 씨를 보며 양은 그런 생각을 한다.

*

걸어가고 있다. 뭐가 많은 길이다. 칸칸마다 차양막이 펄럭거리고 입매가 쪼그라든 노파들이 그 밑에 옹기종기 모여 있거나 트럭 위에서 계란을 파는 사람도 보인다. 모퉁이를 돌아 알록달록한 덧신이 수북이 쌓인 좌판을 지나면 파리를 쫓는 여자가 말라비틀어진 생선을 팔고, 코를 막고 거기를 지나니 뚜껑을 여닫을 때마다 흰 김이 분수처럼 펴져 나오는 리어카가 보인다. 리어카, 리어카를 어떻게 알고 있는지는 모르겠다. 집을 나서면 모르는 걸 알게 되는 것인지도. 어쩐지 몸이 가벼워서 길 끝까지라도 걸어갈 수 있을 거 같다. 이렇게 헐떡거리지 않고 걸어 보는 건 정말 오랜만이다. 흘깃거리거나 수군거리는 사람도 없어서 어쩌면 이 동네를 지나 도시의 끝까지라도 문제없다는 생각이 들 정도다. 방금 지나온 리어카의 커다란 솥단지 속에는 뭐가 들었을지 뒤늦게 궁금하지만 양은 돌아가지 않는다. 보이는 곳을 지나면 보이지 않던 것들이 보일 거라는 희망이 자꾸 양을 앞으로 떠민다. 떠미는 대로 떠밀려 갈 뿐이다. 삶에서 희망을 만들어 내는 것이야말로 인간이 하는 일 중 가장 멋진 일이니까. 바람이 분다. 이마와 코와 겨드랑이가 시원해진다. 바람을 따라 달고 짜고 시고 매운 냄새가 건너온다. 양이 아는 냄새들이다. 물론 그런 것들을 떠올려도 전처럼 고통스럽거나 슬프지 않다. 허기를 느끼지 않는 지금의 양에게 그것들은 언젠가 먹어 봤거나 언젠가 먹게 될 것들에 지나지 않으니까.

뻥이오.

지나온 길 쪽에서 누군가 외친다. 그 소리를 들은 사람들이 뒤를 돌아보거나 멈춰 선다. 귀를 막는 사람도 있다. 그 사이로 핫도그를 든 아이가 지나쳐 간다. 양은 뒤돌아본다. 언젠가 먹어 본 맛. 그 맛을 기억한다. 잊고 있던 것들이 하나둘 익숙한 맛처럼 떠오른다. 나는 여기 없었는데……. 무심코 중얼거린 양이 주위를 둘러본다. 익숙하면서 동시에 낯선 길. 그 길 위에 자신이 서 있다는 걸 이제야 막 알게 된다. 분명히 눈앞의 골목 안쪽에는 그늘이 있고 그 그늘에 갇힌 푸른 쪽문이 있다. 양은 지나가는 사람들에게 어깨를 부딪히며 그 푸른 쪽문 너머의 창을 떠올린다. 지금 서 있는 이 거리가 그 창 안에서 바라보던 풍경이라는 사실을 비로소 깨닫는다. 그 순간 세상을 흔들 것처럼 요란한 소리가 들린다. 굉음이 연달아 허공으로 퍼진다. 길가에 서 있던 작은 트럭의 짐칸에서 흰 연기가 솟아오른다. 그 연기를 가르고 쏟아지는 희고 통통한 밥알들이 순식간에 길을 덮고 사람들의 발등 위로 올라가 발목을 지우더니 무릎까지 차오른다. 거리는 눈 깜빡할 사이에 희고 고소한 냄새로 뒤덮인다. 쪼그라든 입을 부지런히 놀리던 노파나 아이와 어른이 한꺼번에 사라진다. 보이는 것이라고는 온통 튀긴 밥알뿐이다. 양은 천천히 허리를 숙여 그 밥알을 움켜쥐고 움켜쥔 것을 입 안에 쑤셔 넣는다. 개구리처럼 볼이 잔뜩 부풀어 오르도록 넣고, 또 넣는다. 씹고 삼키고 다시 씹으면서도 배가 고프다고 느낀다.

그런 양을 부르는 건 역시 유조 씨다. 유조 씨의 목소리가 점점 커진다. 볼이 뜨겁다. 뜨거운 볼을 어루만지며 양은 눈을 뜬다. 파자마 바람의 유조 씨가 양의 볼을 때리고 있다. 양은 천천히 주위를 둘러본다. 컴컴하고 익숙한 곳. 시고 짜고 맵고 달큰한 냄새가 냉기가 함께 피어오른다. 열린 냉장고 앞은 온통 쏟아진 양념과 반찬들로 엉망이다. 양은 멍한 눈빛으로 자신의 손을 내려다본다. 손이 잘 보이지 않는다. 손뿐만이 아니라 무릎도, 다리도, 발도 점점 희미해지고 있다.

이것도 사람이라고…….

유조 씨가 탄식처럼 소리친다. 누구나 알면서도 아는 것을 확인하고 싶을 때가 있다. 보면서도 본 것을 믿지 않을 때가 있는 것처럼. 양은 고개를 끄덕인다. 한 번도 여기 없었던 사람인 것처럼 천천히 흐려지면서. 그리고 언제나 그랬듯 맨 마지막에 떠오르는 건 하마다. 누가 뭐래도 상관하지 않는 그런. 그 하마가 풀색 물보라를 일으키며 천천히 다가오고 있었다.

한낮의 디지

디지가 전화를 걸어온 건 5월의 어느 한낮이었다. 25년 만이었다. 사는 곳에서 시작해 연봉이나 연애의 유무까지 캐묻던 디지는 자신이 기억하는 과거의 내 식습관과 잠버릇까지 들춰내며 혼자 옛날로 돌아가고 있었다. 내가 그녀의 질문에 건성으로 대답하며 잔에 남은 커피를 들이켜거나 책상 위에 널린 시험지들을 그러모으고, 어지러운 책상 정리를 끝마칠 때까지도 통화는 계속 이어졌다. 정말이지 그녀는 좀처럼 전화를 끊을 생각이 없는 것 같았다. 나는 지끈거리는 관자놀이를 꾹꾹 누르며 긴 한숨을 내쉬었다. 곧 다시 수업이 시작될 시간이어서 어떻게든 통화를 끝내야 했다. 그녀가 곁의 누군가에게 얼마냐고 묻는 소리가 들린 건 그즈음이었다. 나는 간곡한 심정으로 다급하게 말했다.

"이제 일하러 가야 할 거 같아."

"아, 그래. 그래야지."

내 말에 황급히 대답한 디지는 다음 주에 보자고 덧붙이고서야 전화를 끊었다. 다음 주라니. 나는 뜨끈해진 휴대폰을 든 채로 그녀의 말을 이해하기 위해 애썼다. 그러다가 그녀가 현충원을 들먹이며 다음 주 일정을 묻던 것을 떠올렸다. 마시던 커피를 노트북 자판 위에 흘린 즈음이었던 거 같다. 25년 만에 전화를 걸어와 한다는 말이 현충원 앞에서 만나자는 거였다니. 어이가 없어 나도 모르게 헛웃음이 터졌다. 디지가 말한 현충원은 아빠가 묻힌 현충원을 말하는 게 분명했다. 대전이잖아. 나는 그렇게 중얼거렸다. 그곳은 분명 오랜만에 만난 사람들이 밥 한 끼를 하거나 차 한 잔을 나누기에 적당한 장소나 거리는 아니었다. 방심하는 사이에 등 뒤로 다가온 누군가로부터 일격을 당한 기분이었다. 이 나이가 되도록 서툴고 어리석구나. 나는 허를 차며 생각했다.

디지는 엄마의 큰 언니, 그러니까 남쪽의 작은 항구 근처에 살던 큰이모의 막내딸이었다. 언니는 입 하나 덜고, 걔도 서울에서 공부할 수 있으니 좋고……. 통화 중이던 엄마는 수화기 줄을 손가락에 꼬아 감으며 말끝을 흐렸다. 그건 분명 인정 어린 제안처럼 들렸으나 나는 엄마의 표정으로 그 의도를 단박에 알아챘다. 엄마는 장사를 하는 자신을 대신해 나를 맡아 줄 사람이 필요했다. 디지가 딸만 다섯인 이모네 집에서 우리 집으로 온 건 전적으로 그 때문이었다. 물론 엄마는 이모에게 약속한 대로 디지를 근처 고등학교에 전학시켜 주었고 가끔 용돈을 쥐여 주기도 했으나 그게 다였다. 처음에 약속한 주산 부기 학원에 등록시켜 준다든지 졸업 후 적당한 취직자리를 구해 주는 일은 함께 사는 동안 끝내 일어나지 않았다. 내가 그때의 얘기를 꺼낼 때마다 엄마는 그래도 나와 차별 없이 대했다고 주장했다. 걔는 그 고집 때문에 평생 빌어먹을 거야. 우연찮게 튀어나온 디지의 얘기는 늘 엄마의 그 말로 마무리됐다. 차별과 고집 사이에 도대체 어떤 이야기가 숨어 있는지 나로서는 잘 알 수 없었지만 더 이상 따져 물을 생각도 없었다. 애초부터 엄마와 나는 그런 대화를 편하게 이어 갈 만큼 살가운 모녀 지간도 아니었다. 철이 들고 나서부터 나는 두 시간 이상 엄마와 얼굴을 마주한 기억이 없다. 디지는 그런 엄마와 전혀 달랐다. 내가 기억하기에 디지는 나를 상대로 엄마가 했던 일, 그러니까 화풀이 매질이나 무턱대고 욕부터 퍼붓기 같은 일을 한 번도 하지 않았다. 그것만으로도 충분한 시절이 있었다. 엄마와 디지를 바꿀 수 있다면. 한때 나는 자주 그런 생각을 했다.

"한글 이름이야."

어느 날 식구들의 이름을 한자로 열 번씩 적는 숙제를 해야 했던 나에게 디지는 말했다.

"그래도 특이하기는 하니까……."

나는 그림을 그리는 심정으로 공책에 적어 놓은 이름들을 소리 내어 읽어 보았다. 박천수(朴千水)와 김경애(金景愛), 박소연(朴素蓮), 강디지. 하나같이 평범한 음을 가진 한자들 사이에서 디지라는 글자는 악보에 잘못 옮겨 적은 음표처럼 어색하고 낯설었다. 같이 둘러앉아 밥을 먹을 때마다 디지가 늘 엉거주춤하게 밥상 끄트머리로 다가앉거나 밥도 먹는 둥 마는 둥 하고는 설거지를 핑계 삼아 부엌으로 내빼는 이유를 알 것 같았다.

"그러네."

내가 고개를 끄덕이며 대답하고 그 이름들을 열 번씩 따라 적는 동안 디지는 주판을 들고 앉아 자신이 하던 부기 숙제를 마저 했다. 나는 아직도 어두운 표정의 디지가 엄지와 검지로 만들어 내던 경쾌한 그 주판알 튕기는 소리를 기억한다. 그때마다 아랫목에 깔린 주황색 담요에 그려진 호랑이의 사나운 표정이나 주인집에서 흘러오던 고소한 기름 냄새도 함께 되살아난다. 더없이 안온한 그 기억 속의 디지는 늘 잘못 배달된 화분 같은 느낌이었다. 이름 때문인 것 같았다. 나는 우연한 기회에 알게 된, 그 이름의 내력 — 아들을 간절히 바라던 이모의 시모가 다섯 번째로 태어난 손녀를 내다 버리고 싶은 심정으로 지은 — 을 영원히 입 밖으로 꺼내지 않을 거라고 혼자 다짐했다. 디지는 그냥 디지일 뿐이었다.

*

딸기를 담은 봉지를 들고 한 손으로 손차양을 한 나는 겨드랑이에서 땀이 차오르는 것을 느끼며 디지를 바라본다. 한 손에는 조화 다발을, 나머지 한 손에는 손수건을 쥔 디지가 도로 끝에서 택시가 나타날 때마다 양손을 부산하게 흔들어 대지만 멈춰 서는 택시는 없다. 현충원 입구에서 현충원에 들어갈 택시를 잡을 작정을 한 것부터 잘못이라는 생각이 들기 시작한다. 따져 보면 내내 핑계를 궁리하다가 결국 떠밀리듯 여기까지 온 것부터가 어리석은 일이었다.

"덥지? ……더워서 어쩌니?"

디지가 들고 있던 손수건으로 목덜미를 훑으며 말한다. 이미 여러 차례 내뱉은 그 말은 딱히 질문 같지도 않고 어떤 해결의 의지를 담아 하는 말 같지도 않다. 나는 팔뚝과 턱 밑에 두둑하게 살이 붙은 디지를 새삼스럽게 바라본다. 25년이라는 세월이 많은 것을 바꿔 놓기에 충분한 시간이라는 걸 알지만 그럼에도 불구하고 내 기억 속의 디지와 눈앞의 디지는 전혀 다른 사람이다. 새로 태어났다는 편이 차라리 더 믿기 쉬울 정도다. 눈앞의 디지가 내가 알던 그 디지와 같은 사람이라는 걸 확인한 순간 제일 먼저 내가 떠올린 생각은 그거였다. 기미가 오른 평평한 광대와 깊이 늘어진 눈매를 훔쳐보며 옛날의 디지를 떠올려 본다. 흰 공. 한 달에 한 번쯤 새벽마다 같이 가던 동네 목욕탕에서 본 디지는 꼭 그런 모양이었다. 어디로 튀어 가야 할지 몰라 제자리에서 끝없이 튀어 오르는 공. 왜 내가 공을 떠올렸는지는 기억나지 않지만 내가 힐끔거리며 훔쳐 볼 때마다 디지가 물을 튕기던 장면은 확실히 기억한다. 디지는 정말 부푼 풍선처럼 허둥거리며 부끄러워했다.

낯설기는 디지도 마찬가지일 거다. 대학원을 졸업하고 유학을 가네 마네 갈팡질팡하다가 결국 논술 학원 강사로 주저앉은 지 벌써 13년째다. 나 또한 더 늘어나고 늘어지는 쪽으로 변했다는 걸 안다. 결국 서로 얼마나 늙었는지를 확인하기 위해 우리는 이토록 먼 곳의 뙤약볕 아래 서 있는 셈이다. 나는 신경질적으로 형편없이 구겨진 치맛자락을 쓸어내리며 가방을 고쳐 멘다. 내가 가진 옷 중 되도록 살집이 드러나지 않으면서도 우아해 보이는 옷이 하필 마 재질의 원피스뿐이라는 사실을 깨달은 건 어제저녁이었다. 우리는 좀 더 쾌적하고 우아한 장소에서 만났어야 했다. 아니, 우아하기까지는 아니더라도 이렇게 벌거벗은 기분을 지울 수 없는 장소만은 피했어야 한다. 나는 한숨을 쉬며 디지에게 다가간다. 목덜미며 등허리에 화살처럼 쏟아지는 햇빛을 느끼며 허공에서 흔들리는 디지의 팔을 잡아 내린다. 시내로 다시 나가자고 말할 참이다. 디지는 마치 내 생각을 읽은 사람처럼 멀뚱히 묻는다.

"얘, 그런데 네 아빠가 어디쯤 계신지는 아니?"

나는 반사적으로 고개를 흔든다. 그런 걸 기억하고 있을 리가 없다. 아빠의 입관식이 있던 날 한 번, 소상 즈음에 한 번, 내가 여길 온 건 두 번이 전부다. 가끔 늦둥이로 태어난 남동생을 앞세워 엄마가 다녀가는 모양이지만 거기에 얹혀 따라다닐 생각은 없었다. 산 사람은 살아야 하지 않겠니. 간암에 걸린 아빠가 항암 치료를 받는 동안 여중 동창들과 여행을 계획하던 엄마는 말했다. 안 가도 회비를 돌려받을 수 없다는 엄마의 등을 떠밀어 준 건 아빠였다. 차라리 없는 게 낫다. 항암 치료를 받느라 머리가 다 빠진 아빠가 침대에 누워 한숨처럼 털어놓던 기억이 난다. 꽤 오래전부터 엄마와 아빠는 서로가 없는 게 나은 관계였다. 그럼에도 남동생이 태어난 건 몹시 신기한 일이다. 산 사람은 어떻게든 살아지는 법이야. 아빠는 먼 산을 바라보며 그렇게 말했다. 그 말이 맞다. 산 사람은 살아야 하고 살기 위해서는 어떻게든 살 궁리를 해야 한다. 그게 내가 독립한 이유였다. 짬이 나지 않았다는 내 변명에 디지가 어이없는 듯 웃는다.

"너는 어쩜 그렇게 하나도 안 변했니?"

나는 그 말이 곱게 들리지 않아 반사적으로 되묻는다.

"그냥 돌아갈까?"

"여기까지 와서? 네 엄마는 알 거 아냐. 근데 나랑 같이 왔다는 얘기는 하지 말고……."

디지는 말끝을 흐리며 내가 들고 있는 휴대폰을 눈짓으로 가리킨다. 굳이 자기 이름을 꺼내지 말라는 디지에게 이유를 묻지 않는다. 아무도 내게 말을 해 주지 않았지만 5년을 함께 살던 디지가 도망가듯 떠나 버린 이유는 아마 엄마 때문일 거다. 사실 나는 아주 오래전부터 남들이 짐작하는 것보다 훨씬 더 많은 사실들을 알고 있었다. 나와 일곱 살 터울인 디지가 우리가 세 들어 살던 집의 주인 아들과 몰래 편지를 주고받던 사이라거나 그즈음의 엄마가 멋대가리 없이 크기만 한 승용차를 가진 남자와 주기적으로 만나던 관계였다는 것까지도 나는 알았다. 어쩐지 루주가 점점 빨개지더라니. 우연히 가게에 갔다가 엄마가 낯선 남자의 차에 올라타는 것을 목격한 나는 그렇게 중얼거렸다. 엄마의 그 연애는 사우디의 공사 현장에서 6년을 보낸 아빠가 돌아오면서 끝이 났다. 그들의 사랑이 야반도주를 감행할 만큼 뜨겁지 않았다는 사실이 불행인지 다행인지 모르겠지만 아무튼 그게 지극히 엄마다운 행동인 것만은 분명했다. 엄마는 평판을 중요하게 생각할 뿐만 아니라 절대 손해 볼 짓은 하지 않을 사람이니까. 물론 아빠는 끝까지 아무것도 몰랐다. 다행이었다. 아빠의 입관식에서 내가 울었던 이유가 어떤 비밀 유지를 완수했다는 안도감 때문이라는 사실을 아는 사람은 없을 거다. 정말 다행스러운 일이었다.

재채기처럼 쉴 새 없이 터지는 엄마의 질문을 자

르고 나는 전화를 끊는다. 디지가 나를 돌아본다. 조화를 흔들면서도 내 통화에 귀를 기울이고 있었던 모양이다.

"그냥 걸어가자. 걸어갈 만하대."

내 말에 화장이 번져 얼룩덜룩한 얼굴의 디지가 슬그머니 바닥에 내려놓았던 가방을 집어 든다. 손을 내밀어 디지가 들고 있던 조화를 건네받는다. 굳이 이런 가짜 꽃을 사겠다고 현충원 입구에서 만나자고 한 모양이다.

"오래가잖니. 생화보다 산뜻하기도 하고…… 난 이제 화려한 게 좋아."

나는 디지의 조화 예찬론을 들으며 그녀의 말이 단지 조화를 의미하는 것만은 아니라는 느낌을 지울 수 없다. 디지는 대체 무슨 생각으로 25년 만에 불쑥 나타난 걸까. 궁금하지만 한편으로 그게 무슨 이유든 내 알 바는 아니라고 생각한다. 정말이지 나는 아무것도 알고 싶지 않다.

우리는 관리 사무소를 지나 주차장 옆길로 걸어간다. 추모관을 끼고 묘역으로 들어서자 먼 숲에서 새소리가 들려온다. 평일 오전이라 그런지 보이는 것들이라고는 이미 세상에 없는 이름을 새긴 비석들과 그 사이로 떨어지는 굵은 햇빛뿐이다. 나무 그늘 밑으로 건너온 우리는 내내 말이 없다. 안부를 묻기에도 너무 많은 시간이 지나가 버렸고 그나마 형식적인 안부 인사는 지난 통화에서 이미 다 했다. 나는 열과 행을 맞춰 서 있는 비석들을 보며 생전의 아빠를 떠올려 보기도 하지만 기억나는 것이라고는 입을 벌린 채 멍하니 병상에 누워 있던 모습이 전부다.

베트남전쟁에서 관통상을 입고 돌아와 엄마와 결혼한 아빠는 내가 성장하던 기간의 대부분을 사우디 건설 현장에서 보냈다. 그런 아빠와 아빠가 보내온 돈으로 닭 장사를 시작한 엄마 덕분에 나는 고아가 된 심정으로 유년의 대부분을 지났다. 생각해 보면 디지와 함께 지냈던 기간 외에는 대부분 나는 혼자였던 거 같다. 부모와 특별히 추억이라고 할 만한 것을 만들지 못했으나 딱히 불만은 없었다. 특별한 기억이 없어 지나간 일에도 별 할 말이 없는 편이다. 나와 디지의 관계도 마찬가지다. 우리는 분명 한때의 기억을 공유한 사이지만 이미 그 기억은 눈앞의 비석들만큼이나 별 의미 없는 것들이다. 서로의 말을 맞춰 기억을 교정해 나가는 일도 하고 싶지 않다. 비석들을 쓸 듯 낮게 날아온 새가 묘지 가장자리에 내려앉는 게 보인다.

"참……."

디지가 침묵을 깨고 입을 연다.

"내가 말 안 했지? 이제 내 이름은 해지야. 강해지. 여 이가 아니라 아 이. 바다 해(海)에 지혜로울 지(智)."

"해화가 아니고……?"

디지와 편지를 주고받던 주인집 아들은 군대를 가기 위해 다니던 대학교를 휴학한, 주인아줌마의 자랑인 사람이었다. 허우대가 좋은 그 아들은 피아노도 잘 쳤는데 그가 치는 곡들은 주로 빌리 조엘의 「피아노 맨」이나 비지스의 「하우 딥 이즈 유어 러버」 같은 외국 노래들이었다. 물론 그 곡들의 제목을 알 턱이 없었던 내가 그것들을 알게 된 건 디지가 매일 밤 틀어 놓던 라디오의 한 심야 프로 덕분이었다. 라디오는 디지가 챙겨 온 얼마 안 되는 짐 속에 들어 있었는데 디지는 그것만큼은 내가 손대는 걸 싫어했다.

어쨌든 우리는 매일 밤 머리 위에 라디오를 틀어 두고 잠들 때까지 음악을 들었다. 물론 디지는 내가 이미 잠들었을 거라고 생각해서 부주의했고 나도 굳이 내가 깨어 있다는 걸 알게 하고 싶지 않았다. 그 과정에서 나는 그녀가 강해화라는 이름으로 심야 라디오 프로에 자주 엽서를 보낸다는 사실과 그녀가 신청하는 곡들이 모두 주인집 아들이 즐겨 치는 곡들과 같다는 사실을 눈치챘다. 유독 특정 노래나 이름이 나올 때마다 그녀가 이불 속에서 입을 막고 킥킥거리거나 몸을 꼬며 혼자 부끄러워했기 때문에 눈치채지 않으려야 않을 수가 없었다. 실제로 디지의 가방을 뒤지다가 발견한 몇 개의 카세트테이프에는 디제이가 소개하던 사연과 신청곡들이 차곡차곡 녹음되어 있었다. 모두 강해화라는 이름으로 보낸 것들이었다.

"얌전한 강아지가 부뚜막에 먼저 올라간다더니."

그것들을 확인한 나는 그렇게 중얼거렸다. 엄마가 가끔 쓰는 표현이었는데 그 상황과 딱 맞는 말 같았다.

나는 뒤늦게 입을 다물고 디지는 웃는다.

"수시로 내 가방을 뒤지던 네가 그걸 몰랐겠니."

나는 당황한다. 그건 아이라면 누구나 한두 번쯤 저지르는 지극히 사소한 잘못임에도 그녀가 이제 와서 그것을 꼬집는 이유를 알 수 없다. 사과하는 대신 따지듯이 왜 모른 척했냐고 되물은 건 그래서다.

"아는 척했으면 뭐가 달라졌을까."

잠깐 망설이다 그렇게 말하는 디지는 피로해 보인다. 여섯 번의 항암 치료를 끝낸 아빠의 표정도 그와 비슷했다. 나는 그게 전의를 상실한 사람들의 공통된 표정이라는 걸 안다. 허물어지는 디지의 옆모습을 바라보며 내가 들고 있던 자신의 라디오를 낚아채던 그 어느 날의 디지를 떠올린다.

"나에게도 소중한 게 있어."

디지는 분명 그렇게 말했다. 정말이지 단호하고 쌀쌀맞은 말투와 눈빛이었다. 내가 아는 그녀가 맞는지 의심스러울 정도였다. 버림받은 기분이 들기도 했다.

그런데 이제 눈앞의 디지는 지키고 싶은 게 없는 사람처럼 보인다. 왜 이토록 시든 풀처럼 변해 버렸을까. 뒤늦게 그녀의 안부가 궁금해지는 나는 일부러 그녀를 앞질러 걷는다. 뒤돌아보고 싶지 않다.

추모관을 지나 세 번째 구역에서 왼쪽 네 번째 묘. 엄마가 일러 준 대로라면 7년째 아빠가 누워 있는 곳이다. 그곳은 아직 보이지 않고 사위는 적막하기만 하다. 후끈거리는 열기가 어깨를 타고 올라온다. 등 뒤에서 디지가 나를 부르는 소리가 들린다. 멈춰 서서 기다리던 나는 그때서야 디지가 왼쪽 다리를 약간 전다는 사실을 알아챈다. 어디가 불편하냐고 물어야 할지 말아야 할지 판단이 잘 서지 않는 내 곁으로 디지가 다가온다.

"저거 봐라."

디지가 가리킨 것은 우리 머리 위의 허공에서 빙글빙글 도는 새다. 날개가 크고 바람을 타는 솜씨로 보아 맹금류가 분명하다.

"새가 크네."

나는 짧게 대답하고 그녀는 새소리가 갑자기 사라진 게 저 새 때문일 거라고 말한다. 좀 전까지 이쪽에서 울면 저쪽에서 울고, 울고 불던 새들이 저 새 한 마리 때문에 조용해진 게 분명하다고 말을 잇는 그녀의 표정은 모르던 사실을 알게 된 아이처럼 명랑하기만 하다.

"사람이나 짐승이나…… 위험할 땐 입을 다물지."

구름마저 꼼짝도 하지 않는 게 조금 신기하기는 하지만 그렇다고 호들갑을 떨 만큼 특별한 상황은 아니다. 초여름 한낮은 가끔 언제나 이런 식으로 흘러가기 마련이다. 그저 숲이 있으니 새가 있고 새에도 여러 종류가 있어 각자의 방식대로 살아갈 뿐이다. 또한 작은 새는 원래 자주 숨는다. 숨는 게 사는 걸 거다. 걷느라 조금 숨이 가빠진 나는 부러 가볍게 대꾸한다.

"큰 새는 늘 작은 새를 노려……."

내 말이 채 끝나기도 전에 디지가 나를 한 번 흘깃 쳐다본다. 네가 뭘 아냐는 눈빛이다. 나는 등을 돌리고 부리나케 걸어가는 디지를 선 채로 멍하니 바라본다. 타인과의 관계에서 가장 신중해야 할 것이 이해와 오해의 경계를 잘 다스리는 일이라는 걸 잘 아는 내가 생각하기에 분명 내 대답이 이해하기 어렵거나 오해의 소지가 있는 말은 아니었다. 그러나 왠지 나는 불안하다. 이 불안의 원인이 대체 뭔지도 모르면서 아까부터 내내 디지의 눈치를 살피는 나를 스스로도 이해할 수 없다. 느릿느릿 걷는 나를 디지가 아직도 멀었냐며 재촉한다. 이 상황을 빨리 마무리하고서 돌아가고 싶은 마음이 더 간절해진다. 전화를 받지 말걸. 나는 시간을 확인하고 예매해 놓은 기차 시간을 떠올리며 다시 엄마가 일러 준 대로 구역을 센다. 눈앞에는 여전히 침묵의 햇빛 아래에서 빛나는 풀밭 위 묘비들이 있다. 큰 소리로 디지를 부른다.

"이 근처인 거 같아."

어깨를 늘어뜨리며 한숨을 쉰 디지가 절룩거리며 되돌아온다.

*

비석 앞에 주저앉은 디지가 들고 온 가방을 연다. 펼친 삼단의 찬합에는 생선전과 고기산적, 삼색나물에 문어까지 들어 있다. 나는 나물을 가지런히 접시에 담는 디지 옆에서 공연히 무안해진다. 애초에는 생전의 아빠가 좋아하던 음식 하나씩 챙겨 오기로 했었다. 물론 그것도 디지가 먼저 한 제안이었다.

"하나만 챙겨 오자며."

나는 고작 그렇게 말하고 디지는 젓가락을 고기 산적 위에 올려놓으며 중얼거리듯 대답한다.

"다시 올 일이 있겠나 싶어서……."

들고 간 딸기 팩에서 성한 것을 골라 접시에 담던 나는 디지의 얼굴을 바라본다. 두툼한 입술을 비죽 내밀고 멍한 표정을 지어 보이는 그 모습이 낯설지 않다. 25년이 지나도 디지는, 디지다. 문득 나는 그런 생각을 한다.

"그 집은 아직 거기 있을까."

생각났다는 듯 디지가 묻는다. 우리가 함께 살던 그 반지하 집을 말하는 것이리라. 춥거나 덥고, 좁은 데다가 캄캄하기까지 한 집이었다. 나는 고개를 흔든다. 등허리에 꽂히는 햇살이 참을 수 없이 따갑다.

"옛날에는 왜 그렇게 추웠나 몰라."

혼잣말처럼 디지가 중얼거리는 소리를 들으며 나는 양산을 꺼내 펼쳐 든다. 젓가락을 나물 위에 옮겨 놓고 다시 자리에 주저앉은 그녀가 얼굴을 천천히 쓸어내린다.

어느 겨울 아침이었다. 그날따라 일찍 잠에서 깬

나는 디지가 여느 때처럼 나를 흔들어 깨워 주길 기다리고 있었다. 그러나 언제 잠에서 깼는지 모를 그녀는 멍하니 앉아 있기만 했다. 내가 깬 것도 알아차리지 못한 눈치였다. 그런 디지를 지켜보던 나는 그녀가 더 이상 흰 공처럼 보이지 않는다는 사실을 깨달았다. 반지하 방 창문을 통해 들어오는 낮은 햇빛을 마주하고 앉은 그녀는 정말이지 바람이 빠져 흐물흐물해진 배구공 같았다. 나는 날렵하던 턱과 목과 어깨가 두루뭉술한 곡선으로 이어진 그녀의 옆모습을 한참 바라보았다. 더 이상 어디로든 튀어가지 못하고 바닥을 구르다 구석에 처박혀 버릴 것 같았다. 잠옷 자락을 움켜쥔 그녀의 두툼해진 손등에서 점점 힘줄이 새파랗게 돋는 게 보였다. 결국 참지 못하고 자리에서 일어나 그녀의 어깨를 흔든 이유는 정체 모를 두려움 때문이었다. 나를 돌아보는 표정이 한없이 쌀쌀맞아 보여서 눈물이 나올 것 같았다.

"왜 그래? 무슨 일 있었어?"

내 물음에도 별 대답이 없던 그녀가 이윽고 조용히 입을 열었다.

"양손에 든 사과의 무게가 다를 땐 어느 쪽을

골라야 할까?"

디지가 엽서 쓰기를 그만둔 건 그즈음이었다. 그리고 얼마 지나지 않아 디지는 가 버렸다. 그녀가 사라진 날 대문 밖 쓰레기통에서 몇 개의 카세트테이프와 잘게 찢어진 종잇조각들을 발견한 나는 나도 모르게 주변을 둘러보았다. 내가 버린 것도 아닌데 누가 볼까 두려웠다. 근처를 굴러다니는 하드 껍질이나 신문지들을 주워 모아 디지가 버리고 간 그것들을 덮어 감춘 이유였다. 비밀이니까. 그때 아마 나는 그렇게 생각했던 거 같다.

따라 두었던 술잔의 술을 무덤 위에 뿌리고 디지가 다시 술을 따른다. 그뿐이다. 우리는 작은 돗자리 위에 나란히 앉아서 서로 딴 곳을 쳐다보기만 한다. 저 바깥의 일이 아득하게 느껴지는 것은 지나치게 인적이 없는 탓일 거다. 침묵이 불편해진 나는 골라낸 딸기를 집어 베어 물며 조심스럽게 묻는다.

"다리는 어쩌다가 그랬어?"

내 질문에 디지는 몇 년 전 겨울에 횡단보도를 건너다가 오토바이와 부딪쳤다고 말한다. 함께 넘어진 오토바이가 하필 발목 위를 타고 넘어가서 이제 비행기며 기차도 반값이라는 말도 덧붙인다. 몰랐던 일이다. 소식을 자주 접하는 편은 아니지만 엄마와 큰 이모의 내통으로 사촌들의 근황이 띄엄띄엄 건너오는 편이었다. 근황이라고 해 봤자 이모의 다섯 딸 중 몇째가 유럽 여행을 보내 줬다거나 새로 가구를 바꿔 줬다거나 새 모피를 사 줬다는, 주로 나 들으라고 하는 말 일색이었지만 그럼에도 불구하고 발가락 두 개가 부러지고 발목에 철심을 세 개나 박았다는 디지의 사고는 분명 전해지고도 남을 소식이었다.

"좋은 일도 아닌데 뭘. ……지난 일이기도 하고."

디지는 그렇게 말하며 준비해 온 청주를 잔에 따라 단숨에 들이켠다. 나는 디지가 내민 술잔을 받아 쥔 채 태양과 마주한 그녀의 얼굴에서 검은 햇빛이 떨어지는 걸 본다.

"앰뷸런스를 타고 병원으로 가는데 구급대원이 자꾸 이름을 묻더라고. 내가 정신을 놓을까 봐 그런 거겠지만 그 와중에도 이름을 말하기가 너무 싫은 거야. 그러다가 그런 생각이 들더라. 아, 내가 이름 때문에 죽겠구나. 평생 이름 때문에 죽은 것처럼 살았구나, 나는……."

디지가 거푸 술을 따르며 말한다. 어디서 나타났는지 메뚜기가 비석 위로 튀어 올랐다가 북어포 위로 옮겨 앉는다. 디지나 나나 그것을 쫓지 않는다. 그 대신 메뚜기도 오랜만이라거나 곧 매미가 땅에서 기어 나올 철이라는, 일상으로부터 먼 얘기나 옛날이야기만 간간이 주고받는다. 그때는 있었고 지금은 없는 습관이나 취향, 혹은 목일동 그 작은 방으로 새어 들던 찬 바람이나 더위 같은 것들. 술병의 술이 비어 갈수록 점점 몸은 무거워지고 입이 가벼워지는 걸 느낀다. 다시 청주병을 집어 드는 디지의 손에서 병을 뺏어 술잔을 채워 주며 나는 기어이 묻고 만다.

"왜 그렇게 가 버렸어?"

이미 불콰한 얼굴의 디지가 단숨에 술잔을 비우더니 나를 물끄러미 바라본다.

"네 엄마가 차비를 쥐여 주며…… 가라더라. 넌 정말 몰랐니?"

나는 할 말이 없다. 디지가 사라진 걸 안 그날 아침 우리는 아무 일도 없었다는 듯 굴었다. 물론 나는 말끔히 개켜진 디지의 이부자리를 보며 잠시 당황했고 엄마는 알음알음 디지의 몇몇 동급생의 연락처를 찾는다며 수선을 떨었지만 그게 다였다. 엄마나 아빠, 그리고 나 중 누구도 서로에게 디지에 대한 일을 묻지 않았다. 이상했지만 한편으로 그건 이상한 일은 아니었다. 우리는 서로 별로 마주칠 일도, 나눌 말도 없는 가족이었으니까. 디지는 초점이 흐릿해진 눈으로 다 별일 아니라고 중얼거린다. 그 말이 스스로에게 하는 다짐 같아서 나는 이미 손댈 수 없을 만큼 구겨진 원피스 주름을 반복해서 쓸 뿐이다.

먼 숲에서 뻐꾸기 소리가 들려온다. 온 세상에 뻐꾸기와 나, 디지만 존재하는 것처럼 사위는 미동도 없고 머리 위의 햇빛은 풀밭에 떨어진 단추도 찾을 수 있을 정도로 명료하다. 나는 문득 이 상황이 비현실적이라는 생각이 든다. 진짜 같은 가짜, 혹은 가짜 같은 진짜. 둘 다 그리 좋은 상황은 아니다. 디지였던 디지와 해지가 된 디지 사이의 거리를 가늠해 본다. 어디로 튀어야 할지 몰라 제자리에서 튀어 오르기를 반복하던 공 같던 디지는 어느새 바람이 부는 대로 굴러가는 공 같은 사람이 됐다. 나 역시 마찬가지다. 우리는 시들었고, 그래서 오늘의 이 만남이 불편하기 그지없다. 묘지에는 오래 머무는 게 아니라던 말이 떠오른다. 죽은 자들은 어쩔 수 없이 과거에 머무는 자들이고 묘지는 그 과거가 모인 곳이므로 여기서 할 수 있는 얘기라고는 옛날 얘기밖에 없다고 동료 중 누군가가 말했던 것 같다. 그럴 때는 적당히 하고 넘어가야 뒤탈이 없다는 요지였다.

"몇 달 전에…… 이혼했다, 나."

디지가 그렇게 말한 건 화장실에 가서 손이라도 씻고 와야겠다 생각하고 일어서려던 즈음이다. 나는 다시 주저앉는다.

*

조선소에서 기술직으로 근무하던 디지의 남편은 말수가 많지 않고 성실한 사람이었다. 퇴근 때마다 붕어빵이나 옥수수 따위를 사서 불쑥 내밀 줄은 알아도 애정 표현은 평생 할 줄 몰랐던 사람. 직장의 상사로부터 소개받는 자리에 그가 입고 나온 건 회사 유니폼이었는데 그게 자신이 내세울 수 있는 가장 변변한 것이라 생각했다는 그의 말을 듣고 디지는 결혼을 결심했다고 한다. 적어도 거짓말은 하지 않을 사람이라는 생각이 들었다는 거다. 그가 변한 건 5년 전쯤부터였다. 디지는 처음 몇 달은 야근이 많아 집에 들어오지 못하는 줄 알았고, 그다음 월급이 끊긴 몇 달은 조선업이 어려워서 그렇겠거니 하다가 지역 뉴스에서 남편의 얼굴을 확인했다. 그때서야 그가 노조에 가입했을 뿐 아니라 부위원장이라는 직함까지 맡았다는 걸 알았다고 말한 디지가 다시 술잔을 비운다. 노조원 가족들과 함께 구속된 노조원 석방 시위를 다니고 남편에게 옷가지를 전하기 위해 아들뻘 되는 의경들과 악다구니도 쳐 봤다는 디지의 말이 아니더라도 그녀가 누구보다 성실히 남편의 뒷바라지를 했으리라는 건 어렵지 않게 짐작할 수 있다.

"가까이서 보니까 다들 코밑이 보송보송한 애기들이더라고. 윗대가리들은 죄 꽁꽁 숨어 코빼기도 안 보이는데 그것들만 무슨 고생인가 싶고, 나는 또 이게 뭐 하는 짓인가 싶더라."

그렇게 말한 디지가 손바닥으로 두 눈을 한참 눌렀다 뗀다. 내가 건넨 휴지로 코를 푼 디지는 결국 남편이 해고 대상자가 되어 수배를 당하는 지경에 이르렀다고 말한다.

"그게 헤어진 이유야?"

나는 묻는다. 그 기간이 얼마나 되는지 알 수는 없지만 그런 사람들의 주변 상황이야 어려울 게 뻔했다. 내 물음에 디지는 고개를 젓는다. 딸린 식구도 없으니 돈이야 자신이 벌어도 충분했다는 거다.

"그런데 왜……."

나는 자꾸 묻는다. 한번 묻기 시작하면 묻어 두었던 것들이 줄줄이 딸려 나온다는 걸 알면서도 묻기를 그칠 수 없다. 머리 위에서 내리쬐던 햇빛이 어느덧 기울어 그녀의 얼굴에 음영을 드리운다. 얼룩덜룩한 그늘 속의 디지는 한층 더 늙고 피로해 보인다.

"남편이 수배 기간에 한번 몰래 집에 다녀간 적이 있었어. 보고 싶어 왔노라는 말은 안 했지만 마누라라고 그 밤에 찾아온 남편이 반갑고 안쓰럽더라. 잘은 모르지만 그렇게까지 하는 데에는 이유가 있겠지 싶기도 했고……. 그런데 그 사람이 옆에 눕는 게 너무 싫은 거야. 내가 필요할 땐 모른척하다가 지들이 필요할 때만 나를 찾는구나 싶어서……. 지꾸 달려드는 남편이 정말 꼴도 보기 싫더라. 결국 새벽녘에 그 사람이 나가 버렸지."

디지의 남편은 자신이 집을 비운 사이에 디지에게 딴 남자가 생겼다고 의심했고 디지는 자신의 행동을 논리적으로 설명하지 못했다. 게다가 그들 부부는 매일 얼굴을 맞대고 싸우며 오해를 풀 수 있는 상황도 아니었다.

나는 그녀가 마지막 잔을 비우는 걸 말없이 바라본다. 한때 나는 디지의 작은 어깨나 둥근 선들을 질투했다. 들숨과 날숨에 따라 작게 부풀었다 가라앉는 그 곡선이 날이 갈수록 부드러워지는 것에 비해 아빠를 닮아 선이 굵은 내 몸통은 하루가 다르게 빵처럼 부풀고 있었으니까. 크느라고 그래. 입대한 주인집 아들에게서 온 편지를 읽던 디지는 건성으로 말했다. 내 쪽은 쳐다보지도 않고 말만 다정한 디지는 발그스름해진 볼을 문지르며 다 읽은 편지를 읽고 또 읽느라 정신이 없었다. 이미 나 같은 건 안중에 없는 게 분명했다. 기댈 곳이 없다고 나는 생각했다. 왜 배신당한 기분이 드는지 알 수는 없었지만 갑자기 디지가 꼴도 보기 싫었다.

그렇게 생각하자 디지와 한방을 쓰는 게 불편해서 견딜 수 없었다. 혼자 쓸 방을 내놓으라고 엄마를 졸랐던 건 그즈음부터다. 디지, .디지. 나는 디지가 미울 때마다 그 이름을 불렀다. 그게 시장 한복판일 때도 있었고 문이 활짝 열린 대문 앞일 때도 있었다. 그녀가 자기 이름을 부끄러워한다는 걸 아는 나로서는 그게 디지를 괴롭힐 유일한 방법이었다. 엄마는 너무 사이가 좋은 것도 탈이라고 할 뿐 그런 나를 나무라지 않았다. 그리고 한 달쯤 지났을 때 다시 군의 소인이 찍힌 편지가 왔다. 나는 디지를 방에서 내쫓는 심정으로 그 편지를 주인집 우편함에 넣었다. 물론 잠깐 망설이기는 했지만 언젠가 밝혀질 일을 굳이 내가 하면 안 되는 이유도 딱히 없었다. 디지와 주인집 아들의 은밀한 연애가 행복한 결말로 이어지지 못하리라는 건 어린 내 눈에도 뻔히 보이는 일이었으니까.

"올라가지도 못할 나무를 왜 기웃대. 주제를 알아야지."

엄마가 빨래를 개는 디지를 불러내 을러댄 건 다음 날이었다. 문틈으로 엄마와 마주 앉은 디지가 무릎을 꿇고 어깨를 떠는 걸 훔쳐보던 나는 어쩐지 인됐다는 생각이 들었지만 그녀를 위로할 수는 없었다. 그 정도는 아는 나이였다.

"왜 그랬을까. ……모두 나한테…… 왜……."

디지가 나를 향해 묻는다. 위험이 사라진 것일까. 다시 새가 운다. 작은 새들이 작게 울기 시작한다. 등허리가 서늘해진다.

*

하교 무렵 갑자기 비가 쏟아진 날이었다. 집보다 가게가 가까워서 엄마의 가게로 찾아간 건 아니었다. 비를 맞은 내 모습에 엄마가 아주 조금이라도 미안해하며 젖은 머리와 가방을 닦아 주길 바랐다. 그러나 조각낸 닭에 치킨 파우더를 부어 버무리던 엄마는 나를 본체만체했다. 고갯짓으로 수건이 있는 쪽을 알려 준 게 그때 엄마가 내게 한 일의 전부였다. 물론 나는 엄마와 디지를 통해 간절히 바라는 일은 절대 이뤄지지 않는다는 사실을 알고 있었다. 그럼에도 불구하고 내가 그런 말을 꾸민 건 뭐라도 해야 한다는 생각 때문이었다. 한마디만 해

줬더라면, 오라거나 가라는 말이라도 내게 건넸더라면 그런 꿈 얘기를 할 생각은 하지 않았을 거다. 물론 꿈이니까 아무래도 상관없을 거라는 생각이 들기도 했다. 아빠가 사우디에서 돌아온 지 6개월쯤 지난 무렵이었다.

나는 가끔 내 꿈속에서 디지의 곁에 눕던 그림자에 대해 말했다. 살그머니 열린 문틈으로 들어서는 그 어둠의 정체가 뭔지는 정말 모른다고 털어놓으며 엄마의 눈치를 봤다. 한참을 얘기하다 보니 어느새 진짜 그런 꿈을 꾼 것도 같았다. 나는 검은 그림자와 함께 새어 드는 알코올 냄새와 그림자에서 뻗어 나오는 손가락들에 대해 띄엄띄엄 말했다. 물론 중간중간 그게 꿈이라는 사실을 강조하는 것도 잊지 않았다. 엄마는 말없이 듣기만 했지만 단언컨대 그때만큼 엄마가 내 말에 귀 기울인 적은 없었다. 집중할 때마다 뾰족하게 입술을 내밀던 엄마의 습관을 나는 이미 알아챘던 거다. 엄마는 한참을 앉아 있기만 하다가 이윽고 자리에서 일어나 손을 씻고 벽에 붙은 달력을 바라보며 물었다.

"몇 번이나?"

그런 걸 물을 거라고는 생각하지 못해 당황한

나는 반사적으로 손바닥을 펴 보였다. 그러자 엄마는 자리에서 벌떡 일어나 손님이 부르는 쪽으로 갔다. 나에게는 오라 가라는 말 한마디 없이. 나는 정말 나쁜 꿈을 꾼 기분이었다. 디지가 가 버린 건 그즈음이었다. 그다음 해 중학교에 입학한 나는 디지를 대신해 강해화라는 이름으로 라디오에 엽서를 보내기 시작했다. 빌리 조엘의 「피아노 맨」이나 비지스의 「하우 딥 이즈 유어 러버」 같은 노래를 신청하는 걸 잊지 않았다. 한 번도 소개된 적은 없었으나 내가 만든 엽서 속 세상은 완벽하고 평화로웠다. 나는 그 세상 속에서 천천히 자랐다. 그렇게 어른이 되어 간다고 생각했다.

"그냥 미안하다는 말 한마디면 되는데…… 그 말을 아무도 안 하더라. 그 말이…… 그렇게 어려운 거니?"

혀가 꼬인 디지가 푸념처럼 묻는다. 풀밭을 두드리며 두 번 말하고 두 번 묻는다. 충혈된 눈으로 나를 바라보는 디지를 나는 외면한다. 무슨 일이 있었기에 디지가 저러는지 나는 모른다. 굳이 알고 싶지도 않다. 어서 돌아가고 싶은 생각뿐이다.

나는 플라스틱 팩에 딸기를 쏟아붓고 거칠게 찬합 뚜껑을 닫으며 시간을 확인한다.

"그만 일어나."

"그게 그렇게 어려워?"

디지가 다시 묻는다. 나는 여전히 디지를 똑바로 쳐다보지 않은 채 그녀가 싸 온 음식들을 가방에 쑤셔 넣으며 아무렇게나 대답한다.

"내가 어떻게 알아."

내뱉듯이 그렇게 대꾸한다. 여길 오는 게 아니었다. 이게 꿈이기를 바란다. 언젠가 꾸었던 꿈. 두 번 다시 떠올리고 싶지 않은, 그런 꿈. 디지는 내가 내민 가방을 바라보기만 한다. 뭘 다 안다는 듯이 새들이 붉은 구름을 향해 날아오른다. 이제 정말, 돌아갈 시간이다. 정말이지 내가 아는 건 그게 다였다.

일일시 고일 日日是孤日

종이 흔들린다. 갑자기 갈라지는 틈처럼 문이 열린다. 남자는 문 쪽을 바라보며 천천히 자리에서 일어선다. 열린 문 사이로 몇 가닥의 눈발과 남색 후드와 흰 운동화가 보이는가 싶더니 가방을 멘 누군가가 들어온다. 다가오는 낯선 방문객의 어깨와 정수리에 내려앉았던 눈이 눈 깜빡할 사이에 사라진다. 축축하고 서늘한 냄새가 끼친다. 남자는 말없이 방문객을 바라보고 방문객은 눈도 마주치지 않고 말한다.

"예약했는데요."

앳된 목소리다. 뒤집어쓴 후드 때문에 얼굴이 제대로 보이지 않는 방문객은 소녀가 분명하다. 남자는 어떻게 말을 꺼내야 할지 망설인다. 예약한 사람이 있을 것이라고는 전혀 예상하지 못했다. 입구에 붙여 놓은 폐업 안내 문구를 보지 못한 걸까. 남자는 문밖을 가리키며 이미 가방을 발치에 내려놓은 소녀를 향해 더듬더듬 사정을 설명한다. 갑자기 폐업할 수밖에 없는 상황을 다소 장황하게 늘어놓는 것으로 소녀에게 이해와 동의를 구할 수 있을 거라 믿는 거다.

"사정은 알겠는데요, …… 그래서 이제 와서 예약 손님을 안 받겠다고요?"

한참을 듣고 있던 소녀의 목소리는 또래의 그것처럼 높고 가늘다. 아니, 좀 더 높은 것 같다. 충분히 소녀의 입장을 짐작하고도 남지만 남자로서도 어쩔 수 없다. 이미 오후에 세무서에 들러 폐업 신고까지 마친 상태다.

"경황이 없어 미리 연락을 드리지 못한 점 양해해 주시길 바랍니다. 저로서도 갑작스러운 일이었으니까요. 당연히 환불은 해 드리겠습니다."

소녀가 어느새 캄캄해진 문밖을 가리키며 되묻

는다.

"인제 와서 다른 곳을 찾으라고요? 저렇게 눈이 내리는데?"

할 말이 없다. 고백하자면 이럴 경우 어떻게 대처하는 게 옳은지 남자는 잘 모른다. 인생 대부분을 학교에서 보낸 그가 주로 상대했던 건 지도 교수와 주변의 선생들, 논문이나 연구서들이었다. 가뜩이나 P시에 내려오느라 급하게 휴강한 수업 보강 계획을 다시 짜야 하는 일이나 거의 끝나 가는 학술 논문에 덧붙여야 할 몇 줄이 내내 꺼림칙한 중이다. 게다가 내일 안에 나머지 행정 절차를 마무리하고 이 숙소를 어떻게 처분할지도 결정해야 한다. 소녀가 아니더라도 온통 복잡하고 낯선 일투성이라는 말이다. 남자는 자신이 볼펜을 돌리고 있다는 사실을 깨닫는다. 초조하거나 불편할 때마다 튀어나오는 습관이다. 유리는 말싸움을 하다가도 남자가 볼펜을 돌리기 시작하면 이겼다는 듯 두 손을 높이 치켜들었다. 자기는 날 못 이겨. 포커페이스가 전혀 안 되거든. 그게 매력이기는 하지만 말이야. 그녀는 남자가 자신도 모르게 볼펜을 돌린다든지 다리를 떨 때면 흥미로운 표정으로 바라보거나 손바닥으로 무릎을 가볍게 두드려 주의를 환기하곤 했다. 자기가 남에게 쉽게 읽히는 건 싫으니까. 그렇게 말하는 유리는 남자에게 한결같이 다정했고 늘 남자보다 더 남자에게 너그러운 사람이었다. 그런 그녀는 지금 혼자 남자의 집에 머물고 있다. 이 모든 것이 바나나 때문이라는 게 여전히 믿을 수 없다. 남자는 길게 한숨을 내쉰다. 어쩌면 그게 지금 그가 뜻대로 할 수 있는 전부다. 남자는 슬그머니 볼펜을 내려놓으며 입을 연다.

"충분히 이해합니다만, 저희 쪽 상황도 여의치가 않습니다. 법을 어길 수는 없으니까요."

소녀는 남자가 돌리던 볼펜을 내려다보고 있을 따름이다. 무슨 생각을 하고 있는 걸까. 남자는 소녀의 표정이 궁금하지만 아무리 봐도 보이는 건 소녀의 옷차림이 전부다. 만약 누군가 소녀의 인상착의를 묻는다면 남자는 아마 검정 롱 패딩에 남색 후드를 뒤집어썼다거나 드러난 발목이 몹시 추워 보였다는 말밖에 할 수 없을 거다. 아무리 봐도 그 외에는 보이는 것이 없다. 물론 솜이불 같은 패딩을 두른 소녀가 왜 양말은 신지 않은 건지 남자는 모른다. 자신이 왜 이 P시의 허름한 게스트하우스 로

비에 서 있는 건지도 알 수 없다. 계획대로라면 오랜만에 만난 유리와 티브이를 보거나 침대에서 뒹굴고 있을 이 시간에.

유리. 백합이라는 뜻이다. 몇 년 전 동경에서 열린 학술 대회에 통역으로 참석했던 유리는 유리코라는 이름 대신 유리라고 불러 달라고 했다. 4박 5일의 그 일정 중에 남자가 알게 된 것이라고는 그녀가 식민지 시대 한국 여성 작가를 주제로 박사 논문을 준비하고 있는 한국문학 전공자라는 것과 이혼 경력이 있는 독신 여성이라는 사실이 전부였다. 낯선 사람을 경계하는 습성을 가진 남자가 그녀를 다시 떠올린 건 작년 봄이었다. 식민지 시대의 문화 정책을 다룬 소논문을 준비하다가 유리에게 어렵게 전화를 걸었고 유리는 가쁜 숨을 내쉬며 전화를 받았다. 방해한 건 아니냐고 남자가 묻자 그녀는 경쾌하게 웃었다. 김상, 무슨 생각을 하시는 거예요. 아무 생각도 하지 않았던 남자도 머쓱하게 웃었다. 운동을 막 끝낸 참이라고 말한 유리는 기꺼이 남자를 도왔다. 그리고 얼마 후 유리에게서 '진지충'이 무슨 뜻인지 알려 줄 수 있느냐는 정중한 문자를 받았을 때 남자는 다시 웃음을 터뜨렸고 사람에게 '벌레 충(蟲)'을 쓰는 이유를 설명하기 위해 오래 고민했다. 그 후 유리는 가끔 메일을 보내 일본에서 구하기 어려운 한국 근대 소설가들의 초판본 사본 등을 문의했고 남자도 자신에게 필요한 논문이나 자료들을 받았다. 멀리 있지만 가깝게 느껴지고 가깝지만 서로의 삶을 존중할 수 있는, 남자와의 거리가 마음에 든다고 유리는 자주 말했다. 남자도 마찬가지였다. 자기는 내 편이 맞지? 언젠가 한국을 방문한 유리가 남자의 등에 몸을 기댄 채로 누워 그렇게 물었을 때 남자는 창을 가득 메운 구름을 보고 있었다. 태풍이 지나가는 중이었다. 낮게 깔린 구름이 꿈틀거리며 새로운 구름을 만들어 내고 새로 태어난 구름이 다시 흩어지기를 반복하는 창밖의 풍경은 지나치게 비현실적이었다. 유리와 살을 맞대고 누운 그날 오후의 자신이 그랬던 것처럼. 가슴이 벅차오른 남자는 돌아누우며 중얼거렸다. 당신에게 필요한 게 그거라면.

"근데, 상황이라는 말 되게 좋아하시네요."

소녀가 남자의 눈앞에 휴대폰을 들이대며 다시

입을 연다.

"그럼 제가 상황을 정리해 볼까요? 지금 상황은 전적으로 업주의 과실인 상황이라고요. 저로서는 보름 전에 예약했고 어제 예약 확인 문자까지 받은 상황인데 말이죠."

의도적으로 상황이라는 단어를 강조하는 것이 분명하지만 남자는 할 말을 떠올릴 수 없다. 모든 게 소녀의 말대로다. 어떻게 환갑이 넘은 노인네가 자동 문자 전송 서비스에 가입할 생각을 했을까. 남자가 그런 생각을 하는 사이 소녀는 후드를 벗으며 뇌까린다. 생각할수록 열 받네. 남자는 고개를 들어 소녀를 바라본다. 둥글고 흰 이마 밑으로 드러난 외꺼풀의 갈색 눈동자가 도전적으로 바라보고 있다. 드디어 드러난 소녀의 긴 눈매와 앙다문 입매에서 고집스러움이 엿보인다. 평소라면 남자도 지지 않았겠지만 이곳은 남자의 일상으로부터 먼 곳이다. 내려놓았던 볼펜을 다시 쥔 손에 힘이 들어간다. 소녀는 절대 만만한 상대가 아니다. 소녀뿐만 아니라 P시에 온 이후 어느 무엇도 만만한 것은 없다.

정오쯤 휴대폰의 지도를 따라 겨우 찾아온 이곳

은 동네에서 한참 떨어진 언덕에 덩그마니 서 있는 게스트하우스였다. 가파른 언덕을 올라온 남자는 오성이라는 게스트하우스 이름을 보고 쓴웃음을 지었다. 남자가 보기에 이곳은 5성은 고사하고 2성급 숙소도 되기 어려워 보였다. 4인용 객실이 세 개에 공용 욕실 한 개, 주방은 없고 입구에 놓인 낡은 테이블이 로비이자 휴게실을 대신하는 내부 시설은 게스트하우스라기보다 차라리 여인숙에 가까웠다. 왜 하필 이런 곳에서 이런 장사를 시작했을까. 쇠락한 항구와 다닥다닥 붙은 지붕들이 내려다보이는 현관 앞에서 남자는 그런 생각을 했다. 그렇게 말할 것까지는 없잖아. 통화 중에 5성이 웬 말이냐는 남자의 푸념을 들은 유리는 그렇게 대답했다. 그건 예의가 아니라는 그녀의 목소리가 피곤하게 들렸다. 어쩐지 유리는 유리가 아닌 것 같았다. 잠깐의 침묵이 흐른 뒤 그녀는 이틀 후에 돌아가야 한다고 말했고 남자는 내일 오후쯤 올라갈 예정이라고 대답했다. 보고 싶다고도 했다. 유리는 별 대꾸를 하지 않았다.

눈싸움이라도 걸듯 여전히 쏘아보고 있는 소녀

를 보며 남자는 마침내 마음을 정한다. 소녀가 이겼다. 이 시간에 소녀를 바깥으로 내몰기도 꺼림칙하거니와 더 이상 소모적인 실랑이를 이어 가고 싶지 않은 게 남자의 솔직한 심정이다. P시에 온 이후 제대로 된 잠을 잔 기억이 없다. 피로가 목구멍까지 차오르는 듯하다.

"그러면 오늘은 여기서 쉬시고, ……내일은 다른 곳을 구하실 수 있겠죠? 물론 환불은 약속드리겠습니다."

오후에 둘러본 방들의 상태를 떠올리며 남자는 그렇게 말한다. 말이 떨어지기 무섭게 소녀가 발치에 내려놓은 가방을 든다. 남자는 떠밀리듯 걸음을 옮긴다. 지난 사흘 동안 내내 판단이 판단을 낳고 그 판단을 숙고하기도 전에 또 다른 상황이 생겼다. 될 대로 되라지. 숙박 이외에는 아무것도 제공되지 않을 거라는 다짐과 재차 요금 환불을 약속하는 게 이 상황에서 남자가 할 수 있는 최선이다.

"아저씨, 혹시 아싸였어요?"

갑자기 등 뒤에서 소녀가 남자에게 묻는다. 멈칫한 그는 돌아보지 않는다. 조카뻘로 보이는 소녀에게 이런 질문을 받게 되다니. 어이가 없을 뿐이다.

유리가 이 사실을 알게 된다면 아마 손뼉을 치며 웃음을 터트릴지도 모른다. 걔 천재 아니야? 그렇게 말하는 유리의 모습이 눈에 선하다. 더 얘기하지 않아도 된다고요. 4호실의 문을 열어 주는 남자를 향해 소녀가 말한다. 그러고는 느닷없이 고개를 숙인다.

"……좋은 곳으로 가셨을 거예요."

4호실의 문이 닫히자 현관문에 걸어 놓은 종이 희미하게 운다. 남자가 바라던 정적이었다.

다시 혼자가 됐다. 소녀를 들여보내고 엄마의 방으로 들어온 남자는 그렇게 중얼거린다. 다시라니. 자신이 중얼거린 말의 의미를 곱씹던 그가 쓰게 웃는다. 그녀가 살던 곳을 방문한 건 오늘이 처음이고 아마, 마지막일 거다. 낮에 그랬던 것처럼 남자는 방 안을 둘러본다. 눕고 싶은 마음은 간절하지만 도무지 잠이 드는 게 가능할까 싶은 방이다. 천장에 드리운 알록달록한 캐노피나 커튼이며 침대보, 벽지까지 온통 꽃무늬 일색인 데다 사방 벽에는 각기 다른 크기의 「달마도」나 「지장보살도」가 걸려 있다. 남자의 시선이 창가에 놓인 화분들에 머문다. 이미 죽었거나 죽어 가는 넝쿨식물들이다. 엄마는 남자 자신을 포함해 뭔가를 거두거나 키우는 데에는 영 소질이 없는 사람이었다. 남자가 알기로는 그게 부모가 이혼한 결정적 이유였다. 덕분에 남자가 엄마와 같이 산 시간은 남자의 출생 이후 9년이 전부였다. 그 이력을 특별히 불행하게 여긴 적은 없었다. 늘 혼자였지만 그 사실이 남자의 일상에 영향을 끼치지도 않았다. 남자는 언젠가부터 자신에게 주어진 상황을 받아들이는 데 익숙했다. 그게 스스로가 삶을 이해하는 태도인 것도 같았다. 임용 공고가 날 때마다 지원하기를 반복하면서 지치지 않았던 것도 그런 맥락에서였다. 기대하지 않으면 포기할 일도 없고 행복을 바라지 않으면 불행할 일도 없다는 걸 알게 된 이후의 삶은 적막했지만 평화롭고 편안했다.

그런데 P시에 내려온 뒤로는 모든 게 뒤죽박죽이다. 로비에서 자판기 커피를 마시거나 원내 식당에서 멀건 뭇국에 숟가락을 담갔다 내려놓을 때나 비상계단에서 누군가와 통화를 하는 환자 보호자들의 흐느낌이 들릴 때마다 남자는 불편하고 두려웠다가 이내 외로워지곤 했다. 그건 정말 자신답지 않았다. 두렵고 외롭다는 감정이 자신을 갉아먹는 것 같았다. 실제로 병원에 머문 이틀하고 반나절 동안 남자는 자주 다리가 저리거나 두통에 시달렸다. 자주 예민해지고 쉽게 지쳤다. 자신도 모르게 '다시'라는 말을 내뱉은 건 그 때문일 거다. 조금만 참으면 돼. 다 끝났어. 침대에 드러누우며 남자는 스스로 타이르듯 말한다.

화병에 꽂혀 있는 마른 꽃다발에서 꽃잎이 한 장 바닥으로 떨어진다. 문밖에서 희미한 종소리가 들리는 것 같다. 한동안 귀를 기울이던 남자는 물끄러미 천장을 바라보다가 눈을 감고 베개에 얼굴을 묻는다. 그러다가 갑자기 뭔가에 놀란 사람처럼 벌떡 일어난다. 그게 뭔지 알기도 전에 몸이 먼저 반응하는 거다. 남자는 선 채로 자신이 누웠던 자리를 내려다본다. 여전히 코끝에는 달짝지근하면서도 비릿하고 시큼한 냄새가 맴돈다. 낯설지만 어딘가 익숙한 냄새. 25년 만에 떠올린 엄마의 냄새는 분명 그랬다. 너무 늦었잖아요, 엄마. 남자는 한쪽 입꼬리를 올리며 중얼거린다.

엄마는 오늘 새벽에 죽었다. 오전 3시 3분. 의사는 벽에 걸린 시계를 확인하며 그렇게 선고했다. 그러니까 지금 이 방은 주인이 떠나고 사취(死臭)만 남은 방인 셈이다. 남자는 벽에 걸린 채 눈을 부릅뜨고 자신을 내려다보는 달마를 바라보다가 바닥에 아무렇게나 드러눕는다. 유리는 뭘 하고 있을까. 겉옷을 말아 베고 한참을 뒤척거리던 남자가 잠이 들기 직전에 떠올린 건 그거였다.

유리의 손을 잡고 벚꽃 그늘을 걸었다. 그녀가 멈춰 서 웃을 때마다 꽃잎이 날렸다. 웃는 유리의 이마가 잠시 어두워졌다. 구름인가. 내가 그렇게 말하자 유리가 하늘을 가리켰다. 흰 그늘 위로 천천히 날아가는 새가 보였다. 윤기가 흐르는 크고 검은 새였다. 까마귀네. 그렇게 말하는 유리의 손가락은 조금 길어진 것도 같았다. 이상한 일이군. 나는 중얼거렸다. 아무리 생각해도 까마귀는 봄날의 화창한 천변과는 어울리지 않았다. 저건 길조라고. 내 중얼거림을 들은 유리가 코웃음을 치며 대답했다. 천변에 어울리지 않는 새는 멀리 날아가는 대신 흰 그늘 사이에 내려앉아 우리를 바라봤다. 쉿. 유리가 입술 위에 검지를 올려놓으며 속삭였다. 그건 유리답지 않은 행동이었다. 내가 아는 유리는 정말 새 따위에 전혀 관심이 없었다. 이상한 날이네. 나는 고개를 갸웃거리며 재차 중얼거렸고 유리는 운이 좋은 날이라고 속삭였다. 까마귀는 천천히 우리 쪽으로 다가왔다. 날카로운 발톱으로 땅을 움켜쥐며 다가오는 새의 가슴은 단단하고 캄캄했다. 이리 와. 까마귀 앞에 쪼그리고 앉은 유리가 나를 향해 손짓했다. 고개를 저었다. 캄캄한 쪽으로는 다가가지 않는 게 맞았다. 나는 한 발자국도 뗄 수 없고 까마귀는 날개를 퍼덕거리며 자꾸 다가왔다. 닳고 닳은 주둥이 사이로 붉은 침이 뚝뚝 떨어지는 게 보였다. 주저앉은 내 귓가에 붉고 길고 뜨거운 숨이 닿는다. 몸이 떨리는 게 나인지 그인지 알 수 없다. 남자는 소리를 지르기 시작한다. 내가 네 어미야. ……네 어미가 나라고. 뾰족하고 길고 붉은 혀가 그인지 나인지 모를 우리의 귓바퀴를 핥으며 말한다. 남자가 비명을 지르기 시작한다. 나는 누구의 잘못일까. 귀를 막으며 생각한다. 쿵쿵, 어둠이 울린다. 어디선지 굵은 돌멩이가 굴러온다. 그 사이로 날아오르는 까마귀의 날개에서 핏방울이 떨어진다. 나도 귀를 막은 채 비명을 지르기 시작한다. 귀에 들리는 건 자신이 내지르는 그 소리뿐이다. 아니, 이건…… 문을 두드리는 소리다. 누군가 후려치듯 쾅쾅, 문을 두드린다.

남자는 번쩍 눈을 뜬다. 여전히 숨은 가쁘고 몸은 제대로 가눠지지 않는다. 누구냐고 묻는 자신의 목소리조차 먼 곳에서 들려오는 소리 같다. 저 들어가요. 문밖에 선 소녀가 소리친다. 들어갑니다. 문을 열며 소녀가 다시 말한다. 당황한 남자는 손을 내젓는다. 소녀가 똑똑한지는 모르겠지만 겁이 없는 건 분명하다. 남자가 몸을 일으키려 애쓰는 사이 소녀는 벌써 문을 열고 들어오며 간 떨어질 뻔했다고 호들갑을 떤다. 꿈속에서만 비명을 질렀던 게 아닌 모양이다. 창백한 형광등 불빛이 멀찍이 선 소녀와 남자 사이에 떨어진다. 남자는 손바닥으로 얼굴을 천천히 쓸어내린다. 꿈에서 깨고 싶은 건지 소녀의 시야에서 사라지고 싶은 건지 남자 자신도 알 수 없다. 어디선가 비닐봉지가 바스락거린다. 소녀가 한 손으로 입을 가리고 낮게 중얼거린다.

"……대박."

그 말의 의미는 분명하다. 남자 또한 오늘 오후 이 방문을 처음 열었을 때 소녀와 비슷한 반응이었다. 한동안 말이 없던 소녀가 괜찮으냐고 묻는다. 소녀가 움직일 때마다 바스락거리는 소리가 난다. 남자는 꿈을 꾼 것뿐이라고 대답한다. 정말 그건 꿈일 뿐이다.

"그럼, 아저씨."

남자가 고개를 든다.

"휴게실에서 닭다리나 뜯을래요?"

소녀가 들고 있던 비닐봉지를 들어 보이며 말한다. 남자는 이상한 기분이 든다. 아저씨라는 호칭 때문인 것 같다. 더 이상한 건 소녀가 남자를 아저씨라고 부르는 순간 정말 아저씨가 된 기분이 든다는 거다. 그 사실을 자각하자 예민해진 남자는 자신의 대답을 기다리는 소녀를 바라본다. 만약 이 상황이 누군가에게 전해진다면 30대 중반의 사내와 아직 미성년인 학생이 단둘이 한 공간에 머물렀다, 로 요약될 거다. 임용에 대한 미련을 아직 완전히 버리지 못한 남자로서는 이 상황을 경계해야 한다. 아는 사람도 경계하고 경계하는 사람이 모이는 곳은 더 경계하는 남자가 자신의 일상에 불만을 가진 적은 없었다. 그러나 한편으로 이곳은 전혀 다른 세계였다. 아무도 남자를 몰랐고 그건 남자도 마찬가지다. 그 세계에서 우연히 모르는 사람과 닭튀김을 먹는 것뿐이고 그런 일은 어디서나 일어날 수 있다. 무엇보다 이 방에서 나가고 싶은 마음이 간절하다. 한참을 망설인 끝에 남자는 소녀와 한 공간에 머무는 것이 아니라 그저 닭튀김을 나누어 먹는 것으로 상황을 요약한다. 소녀를 따라 방을 나선 건 그다음이다. 기다리다가 굶어 죽겠다고 투덜거리는 소녀가 종종걸음으로 걸어간다. 소녀는 고집이 세고 감정 표현에 거침이 없으며 투덜거리기를 좋아하는 것 같다.

소녀가 비닐봉지에서 치킨 상자와 캔 맥주를 꺼낸다. 아무리 항구 근처라지만 요즘도 미성년자에게 술을 파는 곳이 있는 줄은 몰랐다. 이 자리에서 술이 등장하는 건 여러모로 위험하다. 술은 마시지 않는 게 좋겠다는 남자의 말을 들은 소녀는 뜨악한 눈으로 남자를 바라본다.

"왜요?"

"학생이면서 미성년자보호법, 몰라요?"

소녀가 웃음을 터트린다. 남자는 입을 막고 웃던 소녀가 아예 테이블 위에 엎드려 어깨를 들썩이는 걸 본다. 소녀의 행동은 어딘가 과장된 것처럼 느껴진다. 엎드린 채 어깨를 들썩이는 모습이 흐느끼는 사람처럼 보이기도 하는 건 아마 기분 탓일 거다. 남자는 팔짱을 낀 채 주위를 둘러본다. 조도가 낮은 형광등 불빛 때문인지 가뜩이나 우중충한 휴게실은 낮보다 한결 더 을씨년스러워 보인다. 그는 테이블 위에 놓인 조화나 입구에서 죽어 가는 선인장, 구석마다 엉켜 있는 먼지들을 애써 외면하며 이 풍경이 왜 이토록 익숙한 건지 생각한다. 아저씨. 남자의 생각에 끼어든 소녀가 뭔가를 내민다. 주민증이다. 961209. 앞자리는 그랬다. 고맙다는 소녀의 말을 흘려들으며 남자는 그 숫자가 뭘 의미하는지 아주 잠깐 생각하거나 2018에서 1996를 빼는 것이 왜 이토록 어려운지 생각하다가 그녀가…… 미성년자는 아니라는 사실을 깨닫는다. 눈앞의 소녀가 보란 듯 맥주 두 개 중 하나를 남자 앞으로 밀어 건넨다.

"어디선가 들었는데 꿈은 억압된 무의식이래요."

남자는 소녀의 그 말이 무슨 뜻인지 되묻는 대신 눈앞의 캔 맥주를 한 모금 들이켠다. 차고, 씁쓸하다. 어디선가 바람이 새어 든다. 현관문이 삐걱거리고 문에 걸어 둔 종소리가 작게 흔들리고 맞은 편에 앉은 소녀는 닭튀김을 본 척도 하지 않는다. 익숙하다. 이상하지만 이건 정말 익숙한 느낌이다. ……펑펑 내려라. 소녀가 맥주 캔을 쥔 채 창밖을 보며 작게 혼잣말을 한다.

집집마다 키우던 철쭉이나 동백은 고사하고 물만 주면 되는 콩나물도 엄마의 손을 거치면 마르거나 썩어 버리기 일쑤였다. 속았나 봐. 죽은 것이 분명해 보이는 화초에 그치지 않고 물을 주거나 고약한 냄새가 풍기는 콩나물 통을 들여다보며 그녀는 낙심한 표정으로 말하곤 했다. 그러나 다음 날이면 엄마는 다시 희망에 부풀었다. 대개 1년 내내 상추를 수확하겠다거나 고추 모종을 길러 김장 때 쓰겠다는 소박한 꿈들이었다. 두어 번 어린 남자에게 작은 금붕어가 헤엄치는 어항을 선물하기도 했다. 모두 썩거나 물에 둥둥 뜬 채 생을 마감하기는 했지만 말이다. 이건 우리 둘만의 비밀이야. 알았지? 어린 남자를 옆에 앉혀 두고 엄마는 배를 드러낸 채 수면을 떠다니는 금붕어를 건져 쓰레기통에 넣으며 말했다. 비밀이라는 단어를 처음 알게 된 건 아마 그때였다. 가슴이 두근거린다는 걸 처음 알게 된 것도 그때였다. 가슴이 두근거려서 숨쉬기가 어려웠다. 엄마는 입술에 검지를 대고 몇 번이나 비밀이라고 속삭였고 어린 남자는 가쁘게 숨을 내쉬며 고개를 끄덕였다. 그래서 어느 새벽에 엄마가 검지를 입술에 댄 채 어린 남자를 깨웠을 때도 순순히 따라나섰다. 흔들리는 버스에 나란히 앉은 엄마는 흰색 강아지를 키우자고 속삭였다. 배나무도 심고 감나무도 심을 거라고 했다. 졸음에 겨운 어린 남자는 엄마가 하는 말을 꿈처럼 들었다. 왜 집에서는 흰색 강아지를 키우면 안 되는 건지나 하필이면 왜 감나무나 배나무를 심으려는 건지가 궁금했지만 졸려서 물을 수가 없었다. 꿈속에서 내내 흰 개를 쫓아다니던 어린 남자는 낯선 방에서 눈을 떴다. 흰 개는커녕 둘이 드러눕기에도 비좁아 보이는 그 방에서 지내는 동안 엄마는 맥주와 김밥을 사 오거나 중국집에 전화를 걸었다. 어린 남자는 선풍기 앞에서 김밥이나 자장면을 먹었고 엄마는 멍하니 앉아 있기만 했다. 오늘까지만, ……딱 오늘까지만. 그 방에서 가장 자주 들은 말은 그거였다. 문을 열면 옆 건물의 벽면이 보이고 먼지도 눈처럼 뭉쳐진다는 걸 알게 된 그 작은 방은 더럽고 덥고 쓸쓸했다.

거기서 끝은 아니었는데……. 남자는 문득 그런 생각이 든다. 그 방문을 열고 다시 나오던 날 엄마는 어린 남자에게 무슨 말인가 했다. 그게 뭐였을까. 뭔가를 물은 것도 같은데……. 남자는 미간을 찌푸리며 그 순간을 재차 떠올린다. 그래도…… 그래도 언젠가는…….

"뭐 하나 물어봐도 돼요?"

소녀가 묻는다. 남자는 소녀를 바라본다. 어쩐지 소녀가 아닌 눈앞의 소녀는 한순간에 늙은 것 같다. 둥근 이마는 생기가 없고 눈 밑의 그늘이 짙어 보인다. 뿐만 아니라 입매도 아까보다 한결 느슨하다. 소녀의 나이를 알게 된 탓일 거다. 남자는 쓴웃음을 지으며 고개를 끄덕인다.

"……슬퍼요?"

목적어가 없는 그 물음이 뭘 의미하는지 안다. 남자는 잘 모르겠다고 대답한다. 그게 솔직한 심정이다. 잠깐 눈을 붙이기는 했지만 여전히 실감 없는 시간의 연속이다. 소녀는 잘 이해가 되지 않는다는 표정이다. 같이 살았던 기억이 별로 없다고 남자는 덧붙인다. 남자의 말에 짧게 고개를 끄덕이는 소녀는 이내 골똘한 표정이 된다. 먼 곳에서 사이렌 소리가 들려온다. 또 누군가에게 무슨 일이 일어난 모양이다. 남자는 소녀의 말을 흘려들으며 보이지 않는 창문 너머를 응시한다. 창문에 부딪힌 눈송이들이 이내 사라지고, 그 자리에서 물방울이 맺혔다가 흘러내리는 게 보인다. 이토록 사소한 실감이 겨우 삶인 것도 같다고 남자는 생각한다. 적어도 죽음 이후에 눈을 볼 일은 없을 테니까.

도착했을 때 엄마는 이미 응급실에서 중환자실로 이동한 뒤였다. 의사는 뇌출혈과 더불어 온몸이 골절된 상태라고 했고 경찰은 그녀가 지하철역 입구에서 뭔가를 밟고 갑자기 계단 밑으로 사라졌다는 목격자의 말을 전했다. 남자의 엄마가 밟은 건 바나나 껍질이라고 했다. CCTV를 확인해 바나나 껍질을 버린 사람을 찾겠느냐고 묻는 경찰은 그래도 사고에 대한 전적인 책임을 묻기 어려울 거라고 덧붙였다. 그건 누구 탓을 하기 어려운 사고라는 것이었다. 바나나 껍질이라니. 남자는 경찰 앞에서 실소를 터트렸다. 기차를 타고 P시에 내려와 다시 택시로 갈아타고 병원으로 향하는 내내 그랬던 것처럼 바나나 껍질이 원인이라는 말은 도무지 실감이 나지 않았다. 남자에게 바나나 껍질을 밟고 미끄러지는 건 만화나 코미디 영화에서나 나오는 얘기였다. 그러다가 남자는 건네받은 소지품 꾸러미 속에서 구두 한 짝을 발견했다. 굽이 부러지고 코가 벗어진 진분홍색 구두는 물론이고 비즈 장식이 주렁주렁 달린 머플러나 손가방도 모두 남자가 기억하는 그녀의 취향 그대로였다. 외투의 흰 코사지에 묻은 검붉은 얼룩을 보며 남자는 바나나 껍질을 밟고 계단을 구르는 엄마를 상상했다. 끔찍한 일이었지만 어쩐지 침대에 누워 임종을 기다리는 것보다는 그쪽이 더 엄마에게 어울리는 결말 같았다.

소녀가 다시 입을 연다.

"딱 한 번 구급차를 타 본 적이 있어요. 남자 친구와 오토바이를 타고 가다가 택시와 부딪쳤거든요. 그때도 겨울이었는데 둘 다 아스팔트 위를 온몸으로 쓸면서 나가떨어졌죠. 잠깐 정신이 아득해지는가 싶더니 남자 친구가 갖고 싶어 하던 모터사이클용 바지 생각이 나더라고요. 그걸 못 사 주고 죽는다고 생각하니 너무 슬펐어요. 지금 생각하면 정말 딱 미친년인데…… 그땐 정말 그 생각밖에 안 났어요."

죽는 순간에 무슨 생각을 하는지, 아니 생각이라는 걸 할 수 있기는 한 건지 알 도리는 없지만 아무리 그래도 바지를 떠올리다니. 남자는 실소를 흘린다.

"살았으니 사 줬겠네요."

남자는 그렇게 묻고 소녀는 고개를 끄덕인다. 먼저 퇴원한 남자 친구가 허벅지 안쪽을 염소 가죽으로 덧댄 모터사이클용 바지를 입고 병실에 나타났을 때 진심으로 기뻤다고 한다. 그 남자 친구는 여전히 잘 있느냐고 물으려던 남자는 입을 다문다. 소녀는 생면부지의 사람이다. 지나친 호기심을 보이는 건 경계해야 한다. 어쩐지 앉은자리가 불편해진다. 소녀가 혼잣말을 중얼거린 건 남자가 일어날 때를 가늠하며 맥주 한 모금을 마시려던 즈음이다.

"나쁜 새끼."

놀란 남자는 기침을 한다. 식도로 넘어간 맥주가 참을 수 없이 따갑고 뜨겁다. 자리에서 벌떡 일어난 소녀가 남자 곁으로 다가와 등을 두드린다. 고개를 바닥으로 처박은 남자의 입에서 침이 떨어진다. 기침이 멈추지 않는다. 소녀가 괜찮으냐고 몇 번이나 되묻는다. 한참 만에야 겨우 바로 앉은 남자가 고개를 끄덕일 때까지 소녀는 휴지를 건네고 등을 두드리며 부산을 떤다.

"아저씨 말고 그 새끼 말한 거예요. 얼마 전에 내뺀 그 새끼."

입을 닦는 남자를 향해 소녀가 말한다. 담담한 어조지만 그게 소녀의 진심은 아니라는 걸 안다. 남자는 눈앞의 소녀가 쥐고 있던 휴지를 잘게 찢는 것을 본다. 찢은 것을 또 찢어 찢은 것 위에 쌓는다. 무엇인가 없어지기를 바라는 것처럼. 그러나 지나간 어떤 일도 없던 일이 될 수 없다는 걸 남자가 알 듯 소녀도 알 거다. 이럴 때는 그저 누군가 가볍게 손바닥을 두드리거나 두 손을 치켜들고 괜찮다는 듯 웃어 주면 좋을 텐데. 누군가를 위로해 본 일이 거의 없는 남자가 떠올린 것이라고는 고작 그런 거다. 소녀는 자기 앞의 휴지 조각들을 그러모으며 말이 없다. 남자는 눈을 비빈다. 예의 그 검은 패딩을 걸친 눈앞의 소녀가 패딩 속에 숨은 사람처럼 보이기 때문이다. 패딩이 갑자기 커진 게 아니라면 소녀는 분명 눈에 띄게 작아진 것 같다. 아니, 정확히는 바람이 빠져 가는 풍선 같다. 남자는 소녀의 늘어진 입매와 주름이 드러난 목과 힘줄이 도드라진 손을 차례차례 확인한다. 소녀의 숨소리가 점점 가빠지는가 싶더니 이내 어깨를 움츠리고 무슨 말인가를 중얼거리기 시작한다. 책임지라고 한 것도 아닌데…… 누군지 어떻게 아느냐고? 그게……. 갑자기 고개를 번쩍 든 소녀가 남자에게 쏘아붙이듯 묻는다. 사람이 할 말은 아니지 않나요? 두꺼운 패딩 점퍼를 입은 소녀의 가슴께가 가쁘게 오르락내리락하는 것을 바라보는 남자는 갑작스러운 물음 앞에서도 별 할 말이 없다. 그저 없는 사람처럼 동요하지 않으려 노력한다. 별말을 하지 않았지만 이미 많은 걸 알게 된 경우에는 못 들은 척하거나 아무것도 하지 말아야 한다고 판단한 거다. 남자는 듣고, 들은 것을 잊었다가 영영 잃어버리는 것이 서로에게 최선이라고 오래전부터 믿으며 지냈다. 의도하지는 않았겠지만 그걸 알려 준 건 엄마였다. 쉿. 입술 위에 검지를 올려놓던 엄마는 그런 식으로 비밀의 의미를 알게 했다. …… 그래도 언젠가는 떠올릴 게 생겼네. 그지? 엄마는 입술 위에 검지를 올려놓으며 분명 그렇게 말했다. 좁고 더럽고 더운 그 방을 나서자 밖에는 능소화가 한창이었다. 그게 누구의 비밀인지는 끝내 알 수 없었다.

"사람들은 결국 헤어져요. 잘 헤어지기도 하고, 잘 못 헤어지기도 하지만……."

남자는 말한다. 자신도 스스로 왜 이런 말을 하는지 알 수 없다. 다만 이 세상을 구하는 건 영웅이 아니라 망각일지도 모르겠다는 생각이 든다. 눈이 내리는 동안은 세상이 평화로운 것처럼 잊고, 잊었다는 사실조차 잊은 동안에는 모든 것이 편했다. 엄마는 남자를 두고 집을 나갔고 그 후로도 오랫동안 화초나 죽이면서 잘 살았다. 그게 남자가 아는 사실이다. 왜 집을 나갔는지, 왜 평생 그토록 뭔가를 키우기를 그치지 못했는지 남자는 모른다. 남자와 엄마는 오래전에 헤어졌고 많은 것들을 잊었다.

남자는 맥주 한 모금을 천천히 삼키며 창밖을 바라본다. 성근 눈발이 사선으로 흘러내리는 창밖은 어둡고 평화롭다. 그러나 해가 뜨면 눈은 그치고 그 후에는 진흙탕으로 변한 세상이 시작되리라는 사실을 안다. 아무리 조심을 해도 흙탕물은 번번이 바짓단에 튀어 오를 거고 사람들은 끝없이 미끄러질 거다. 미끄러진 사람과 미끄러지려는 사람 사이에서는 어느 손을 잡아야 할까. 어느 쪽의 손을 잡아야 미끄러지지 않을 수 있을까. 남자는 자신의 손을 바라보며 고작 그런 생각을 한다. 갑자기 불빛이 깜박거리는가 싶더니 주변이 어두워진다. 남자와 소녀는 누가 먼저랄 것도 없이 한층 더 파리해진 서로의 얼굴을 바라본다. 등이 하나 나갔나 봐요. 소녀가 중얼거린다. 그런가 보네요. 남자가 따라 말한다. 아저씨는 잘 헤어졌느냐고 소녀는 다시 묻는다. 남자는 쓴웃음을 짓는다. 사실 어떻게 하면 잘 헤어질 수 있는지 남자도 모른다.

남자는 늘 남겨지는 쪽이었다. 유리가 한국에 온 것도 잘 떠나기 위해서라는 사실을 알면서 모른 척했던 건 그래서였다. 남자는 내내 자신이 알고 있다는 사실조차 잊어버리기 위해 노력했다. 유리가 얼마 전부터 전남편과 다시 만나기 시작했다는 소식을 전한 건 유학에서 돌아온 후배였다. 이 세계란 게 한 다리 건너면 다 아는 사람들이잖아요. 유리 얘기를 먼저 꺼낸 후배는 모처럼 관심을 보이는 남자의 눈치를 살피며 그렇게 덧붙였다. 더 묻지 않았다. 가능하면 끝까지 모르는 게 안전했다. 통화 중에 몇 번이나 말을 꺼내려는 유리를 막은 것도 남자였다. 엄마의 사고 소식을 듣고 역으로 달려가면서 안도하던 이유기도 했다. 유리와 마주 앉는 상황을 미룰 수 있어서 정말 다행이라고 생각했다.

"모든 일이…… 잠깐 눈 감았다가 뜨니까 다 끝나 있더라고요."

소녀가 눈을 비비며 말한다. 남자는 눈 깜박할 사이에 끝나 버린 일들을 떠올려 본다. 편도선 수술이나 첫 연애나…… 사고 같은 것들. 바나나를 밟는 순간 엄마는 알았을까. 자신이 곧 계단을 굴러 버려진 신발짝처럼 바닥에 나뒹굴게 될 거라는 사실을. 면회가 허락되는 시간마다 남자는 엄마를 살폈지만 점점 흙빛으로 변해 가던 그녀는 나무토막처럼 미동도 없었다. 의사가 연명 치료 얘기를 꺼낸 건 어제저녁 무렵이었다. 남자는 기관 절개술로 목구멍을 뚫어 산소를 공급받거나 링거 줄을 휘장처럼 두른 채로 얼마나 더 살 수 있을지 물었고 의사는 그건 신이 결정할 일이라고 말했다. 의사가 신을 언급한다는 건 불가능의 우회적 표현이었다. 더구나 남자는 신을 믿지 않았다. 남자가 연명 치료 포기 각서에 서명한 지 여덟 시간 만에 엄마는 죽었다. 장례식은 치르지 않았다. 어차피 조문 올 사람도 없거니와 애도는 혼자서도 충분하다고 생각했다.

과연…… 잘한 걸까. 남자는 중얼거린다. 그사이에도 이마가 탁해지고 볼이 움푹 꺼진 소녀가 남자를 바라본다. 어지간히 취기가 올랐는지 소녀의 눈빛이 흐리다. 그럼…… 그럼 낳아요? 생명은 소중하니까? 소녀가 묻는다. 아저씨도 치고 빠지는 그런 사람이에요? 그럼 나는? 소녀가 손바닥으로 자기 가슴을 친다. 그럼 나는요? 따지듯 묻는 소녀의 눈이 붉다. 나는 뭐…… 좋아서 그런 줄 알아요? 다들, ……다들 어쩌면……. 남자를 외면하며 소녀가 말끝을 흐린다. 주먹을 쥔 소녀의 손톱이 손바닥을 파고드는 게 보인다. 울고 싶어도 울 수 없는 사람들은 대개 주먹을 쥐었다. 음식물 쓰레기 봉지가 그렇듯 한번 찢어져 쏟아진 감정은 참을 수 없는 악취가 난다는 걸 알고 나면 주먹을 쥘 수밖에 없다. 굵은 바람이 지나가는지 현관문이 오래 덜컹거린다. 소녀의 등 뒤에서 요란하게 흔들리는 종을 바라보던 남자는 창턱에 쌓인 눈의 두께를 가늠해 보거나 손가락으로 테이블을 두드리다가 책이라도 한 권 챙겨 올 걸 그랬다는 후회를 하기도 한다.

"좀 취했나 봐요."

한참 만에야 겨우 그렇게 말한 소녀의 눈자위는 불그스름하고 아랫입술에는 피가 맺혀 있다. 남자는 대답 대신 입술을 가리키며 휴지를 건넨다. 피가 나요. 그렇게 소리친 날이 있다. 산발한 엄마는 어린 그가 돌아온 줄도 모르고 냉장고 앞에 멍하니 기대앉아 있었다. 금방이라도 피가 흘러내릴 듯이 새빨간 눈은 초점이 없었다. 혹시 눈이 머는 것은 아닌지 더럭 겁이 난 어린 남자는 울먹거렸다. 또 넘어진 거냐고 물을 수밖에 없었다. 뭔가가 부서지고 깨지고 나면 울음소리가 뒤따랐고 그때마다 방문을 잠그고 어둠 속에 앉아 있어야 했다. 귀를 막고 노래를 부르거나 귀를 막고 노래를 부르다 혼자 잠들었다. 어린 남자는 점점 자신이 아무것도 모른다고 믿기 시작했다.

발목까지 내려오는 긴치마를 입고 머플러로 얼굴을 반쯤 가린 엄마가 새벽에 어린 남자를 깨운 건 아마 그즈음이었다. 흰 개와 감나무와 배나무를 키우자고 속삭이던 길을 되돌아오는 동안 엄마는 한마디도 하지 않았다. …… 그래도 언젠가는 떠올릴 게 생겼네. 그치? 돌아온 집 앞에서 어린 남자의 얼굴을 쓰다듬으며 다시 그렇게 말했을 뿐이다. 남자는 긴 한숨을 내뱉으며 두 손바닥에 얼굴을 묻는다. 왜 하루가 이토록 긴지를 생각한다.

의자를 끄는 소리가 들린다. 자리에서 일어난 소녀가 비척비척 창문가로 다가간다. 왜 이렇게 어둡지. 남자는 중얼거린다. 가로등 불빛이 새어 드는 창문 앞의 소녀가 분명하게 보이지 않는다. 소녀는 정말 가늘고 흐린 곡선으로 변했다. 그 곡선이 창틀 쪽으로 흘러내릴 듯 기울어진다.

"그래도…… 모두 잘……."

흐릿한 목소리가 건너온다. 잊었다는 사실조

차 잊은 사람들은 다 잘 살까. 모두 잘…… 갔을까. 이제 윤곽마저 희미해진 소녀를 바라보며 남자도 허공에 대고 그런 질문들을 해 본다. 자신을 문 앞에 세워 두고 한참을 망설이던 엄마가 돌아섰을 때 어린 그는 망설였다. 어느 쪽이 더 평화롭고 편안할 수 있는지를 가늠하면서 엄마의 등과 자신의 집을 번갈아 쳐다보았다. 가다가 되돌아서서 자신을 바라보는 엄마의 발밑에는 으깨진 능소화투성이였다. 사방이 온통 찢어지고 짓이겨진 꽃들 천지였다. 남자는 검은 얼룩으로 더러워진 엄마의 치맛단을 보며 더럽고 덥고 쓸쓸한 방을 떠올렸다. 다시는 그런 방으로 가고 싶지 않았다. 남자는 돌아서서 대문을 열었다. 거기가 마지막이었다. 남자는 아무렇게나 머리를 쓸어 올리며 말한다. 내 탓이 아니었어. 내 잘못이 아니라고.

작고 어두운 곡선으로 변한 소녀가 노래를 부르기 시작한다. 노래를 듣던 남자는 갑자기 자리에서 일어서며 휴대폰을 꺼낸다. 마지막이 마지막인 줄 알게 되는 건 언제나 모든 것이 끝난 후라는 사실을 떠올린 거다. 먹구름이 몰려와…… 잠자던 새들은……. 복도 쪽으로 향하는 남자의 등 뒤에서 소녀의 목소리가 흘러온다. 아직은, ……아직은 아닐 거야. 남자는 휴대폰을 들고 중얼거린다. ……새들은 떨어지고, 너도, ……나도. 신호음 너머로 가느다랗게 소녀의 목소리가 겹쳐 들리지만 개의치 않는다. 어쩌면 유리를 잃게 될지도 모른다는 뒤늦은 두려움이 전신을 휘감을 뿐이다. ……떨어지고, ……떨어지고…… 떨어진 새 위에……. 휴대폰을 든 손이 덜덜 떨린다. 떨어진 새가…… 쌓이네. 먹구름이 몰려와……. 소녀의 목소리는 점점 희미해지고 유리는 좀처럼 전화를 받지 않는다. 남자는 바닥에 주저앉는다. 아무도…… 남지 않았네. 너도, 나도…… 돌아가지……. 멍하니 앉아 있던 남자는 몸을 떨며 다시 전화를 걸기 시작한다. 어느새 노래는 끝나고 영영 혼자가 되었다는 사실도 모른 채.

아는 사람

지혜가 나에게 도를 아느냐고 묻는다. 3년 만에 만난 자리였다. 아이스커피에 꽂힌 빨대를 만지작거리던 나는 고개를 들어 그녀를 바라본다. 갈색 눈동자에는 여전히 조심스러운 기색이 어렸고 녹색 줄무늬 스웨터나 에코백도 눈에 익은 것들이다. 왜 그런 질문을 하는지 알 수 없다. 내가 아는 그녀는 나에게 그런 질문을 할 사람이 아니다.

나와 그녀는 과외 선생과 학생으로 만나 7년 가까이 이어져 온 사이였다. 대학에 입학한 지혜가 메일을 보내온 것을 시작으로 1년에 서너 번쯤 안부를 주고받았고 두어 번쯤은 함께 영화를 보고 밥을 먹거나 차를 마셨다. 우리의 대화 소재가 바닥난 적은 없었다. 일상은 날마다 조금씩 변하며 반복됐고 취미는 계절마다 변했으니까 말이다. 그러나 그게 다였다. 우리는 찬 바람이 불거나 장마철이 돼서야 잊고 있던 절기를 떠올리듯이 1년에 몇 번 서로를 떠올리는 관계에 불과했다. 그런 우리 관계가 신기하다고 지혜가 말한 적이 있다. 내 생각도 그랬다. 과외를 하는 동안 그녀가 나를 특별히 따랐던 것도 아니고 나 또한 각별한 관심이나 애정을 기울인 것은 아니었는데 왜 여전히 서로의 존재를 확인하는 사이로 지내는지 알 수 없다.

그래도 연락할 누군가가 있다는 게 어딘가 싶기도 해요. 그때 그녀는 입술에 묻은 생크림을 핥으며 그렇게 말했고 나는 건성으로 고개를 끄덕였다. 결혼식 즈음이었다. 그 일 외에는 어떤 것도 신경 쓰기 어려운 때였다. 지혜는 누군가의 결혼식에 초대받는 것이 처음이라고 했다. 청첩장 받으러 가도 돼요? 전날의 통화 중 그녀가 들뜬 음성으로 물었다. 거절할 수 없었다. 그러나 그녀는 끝내 식장에 나타나지 않았다. 섭섭한 마음이 든 것은 아니었다. 그 또래라면 참석하지 못할 갑작스러운 이유들—예를 들면 취업 준비나 토익 시험 준비를 하다가 늦잠을 잤다거나 혹은 급작스럽게 뜨거운 연애에 빠진 것과 같은—이 얼마든지 가능했다. 그렇게 생각하며 지냈다.

잘 지내겠지. 지혜가 떠오를 때마다 나는 그렇게 생각했다. 3년이라는 시간은 결혼을 하고 임용 고시를 준비하다 다시 대학원에 입학하는 동안 훌쩍 가 버렸다. 우리가 꽤 오랫동안 연락을 주고받지 않았다는 것도 지난주 그녀와의 통화 중에 깨달은 사실이었다. 그런 사이도 있을 수 있다. 비록 공백이 있었지만 여전히 우리는 예전처럼 적당한 날을 골라 밥을 먹거나 영화를 보거나 차를 마시는 일쯤은 할 수 있을 거고 별일이 없다면 앞으로도 그런 일을 반복하는 관계로 지낼 거다. 그런데 지혜가 난데없이 도를 아느냐고 묻는다.

내가 아는 도는 길거리에서 다짜고짜 기운이 좋다느니 눈이 맑다느니 하며 접근하는 부류의 사람들이나 쓰는 단어다. 나는 대답할 말을 고르며 며칠 전 라디오에서 들었던 사연을 떠올린다. 오랜만에 만난 친구에게 이끌려 자신도 모르게 다단계

회사에 가게 된 20대 청취자의 사연이었다. 사흘 동안 감금당한 채로 교육을 받고서야 그곳에서 빠져나올 수 있었다는 그 얘기가 남의 일이 아닐지도 모른다는 생각이 들기 시작한다. 도와 다단계가 같은 구조인지는 알 수 없지만 3년이라는 시간이 뭔가에 빠지기 충분한 시간인 것만은 분명하다. 나는 망설인다. 무슨 일이 있었느냐고 물어야 할지 그저 잘 모른다고 대답해야 할지 판단이 서지 않는다. 내 목 언저리에 눈을 맞추고 대답을 기다리던 지혜가 슬며시 웃는다. 농담이란다. 나는 고개를 갸웃거린다. 내 기억대로라면 지혜는 그런 농담과도 어울리지 않는 사람이다. 과외를 하는 동안 만났던 지혜의 부모는 오래된 동네에 있는 오래된 교회의 독실한 신자들이었다. 절제와 믿음이 그 가족의 신념이었고 가훈이었다. 적어도 내가 알기로는 그랬다. 지혜는 그런 부모의 고명딸이었다. 나는 커다란 감나무와 덩굴장미가 담장 바깥으로 늘어진 지혜네 집을 방문하던 시절을 떠올렸다. 일주일에 한 번씩 십자가나 성화가 걸린 거실을 가로질러 계단 옆 방문을 열면 늘 무표정한 지혜가 나를 기다리고 있었다. 인형이나 화장품 같은 것은 고사하고 커튼도, 침구도 모두 흰색 일색인 방이었다. 그 방에서 나는 자주 몸을 떨었다. 어쩐지 서늘한 기운이 가시지 않는 방이었다.

반성문은 써요. 일기를 쓰느냐는 내 질문에 지혜가 그렇게 대답한 적이 있다. 그 또래의 아이들 중 과연 몇이나 반성문을 쓸까 하는 생각이 들었지만 더는 묻지 않았다. 취업 준비와 생활을 동시에 해결해야 했던 시절이었다. 나 하나만으로도 충분히 벅찼다는 말이다.

나는 에스프레소 잔을 쥐는 지혜를 물끄러미 바라본다. 좀 전까지는 몰랐는데 3년 전에 비해 조금 작아진 것도 같다. 어깨에 멘 에코백이 더 커지거나 스웨터가 늘어난 게 아니라면 분명히 그래 보인다.

"아직도 반성문을 쓰니?"

내 조심스러운 물음에 지혜는 잠깐 망설이는가 싶더니 어깨를 으쓱해 보인다.

"요즘은 눕기가 무섭게 잠드는걸요. 이제 별로 반성할 게 없기도 하고요."

해가 기운다. 하루 중 가장 분명하게 빛과 어둠

이 나뉘는 시간이다. 햇살이 카페의 창을 통해 실내로 길게 들어오자 주변은 한층 더 어두워진다. 나는 그늘 쪽에 앉아 지혜의 몸을 사선으로 긋는 햇빛을 바라본다. 빛과 어둠의 경계, 지혜가 앉은 자리는 딱 거기다. 한 손으로 턱을 괴고 손가락으로 테이블을 두드리는 그녀는 더는 아무런 할 말이 없는 듯 보인다. 나는 내가 알던 그녀와 오늘의 그녀가 뭐가 다른지를 깨닫는다.

"……편해 보인다. 정말이야."

내 말에 지혜는 테이블을 두드리던 손을 멈추고 레몬 조각이 담긴 물컵에서 레몬을 건져 입에 넣는다. 레몬을 씹는 그녀가 우물거리듯이 무슨 말인가를 중얼거린다. 잘 들리지 않는다. 뭐라고? 나는 묻는다.

"저 독립했다고요. 한 2년쯤 됐나."

"왜? 무슨 일이 있었어?"

반사적으로 나온 질문이다. 지혜는 레몬을 건져 먹은 물컵을 테이블에 대고 빙글빙글 돌리며 말이 없다. 그녀의 얼굴에서 햇빛이 천천히 지나간다. 정말 알고 싶으냐고 지혜가 나에게 되물은 건 그 빛이 그녀의 등 뒤로 건너간 후다.

"그런 건 아니야. 말하기 어려우면 하지 않아도 돼."

할까 말까 망설여지는 말은 하지 않는 게 낫다는, 경험을 통해 깨닫게 된 내 진심을 지혜가 부디 알아듣길 바라며 나는 대답한다. 진심으로 대하되 거리를 유지할 것. 타인의 삶에 별 관심이 없는 나로서는 그게 관계를 유지하기 위한 최선이었다. 이런 내 마음을 아는지 모르는지 지혜는 자신이 돌리다 만 컵 안에서 사라지는 작은 소용돌이를 바라보기만 한다.

가방 안에서 휴대폰이 부르르 떤다. 남편의 문자다. 좀 늦을 거라는 문자 뒤에는 하트가 두 개 붙어 있다. 남편은 일주일에 한두 번씩 이런 문자를 보내곤 한다. 나는 한숨을 쉬며 휴대폰을 다시 가방에 넣는다. 오후 늦게 수업이 있는 날이다. 일어나야 한다. 지혜의 시선을 느끼며 가방을 챙기고 지갑을 꺼낸다.

"언제든 연락해."

천천히 일어나겠다는 지혜의 말에 나는 그렇게 대답한다. 지혜는 방긋 웃으며 고개를 끄덕이더니 창밖으로 시선을 돌린다. 내가 카페 입구에서 계산할 때도, 밖으로 나와 창가 쪽의 그녀 쪽을 돌아봤을 때도 지혜는 이미 나를 만났던 사실을 잊은 것처럼 그렇게 앉아 있다. 무엇을 보는 것일까. 지혜의 시선을 따라 나도 고개를 돌린다. 어둠이 가라앉는 하늘에 붉고 가는 비행운이 그어져 있다. 돌아갈 시간이네. 무심코 나는 중얼거린다. 저물녘이면 늘 돌아갈 곳을 궁리하던 시절이 있었다. 아주 오래전의 일이다. 그녀도 같은 생각을 하는 걸까. 다시 지혜가 있는 쪽을 바라본다. 두 손으로 얼굴을 가린 지혜가 보인다. 그뿐이었다.

*

"이 건물은 중앙의 한 점에서 각 수용실을 볼 수 있는 형태로 된 하나의 벌집과 같다. 자신을 드러내지 않는 감독관은 마치 유령처럼 군림한다. 이 유령은 필요할 때는 곧바로 자신이 존재한다는 증거를 드러낼 수 있다. 이 감독의 본질적인 장점을 한 단어로 표현하기 위해, 진행되는 모든 것을 한눈에 파악하는 능력을 의미하는 팬옵티콘이라 부를 것이다."

제레미 벤담의 글에 길게 밑줄을 긋고 유령이라는 단어에 동그라미를 친다. 유령. 현대를 진단하는 논제로 감시뿐만 아니라 익명성을 다뤄도 좋을 것 같다. 거실 벽에 걸린 뻐꾸기시계가 울기 시작한다. 한 번, 두 번……. 요즘도 뻐꾸기시계를 사용하는 집이 있느냐며 방문객들은 신기해했다. 반가운 반응은 아니었다. 꽤 정교하게 세공된 나뭇잎들이 시계 주변을 감싸고 한 시간에 한 번씩 칠이 벗겨진 새가 날개를 들썩거리며 우는 저 앤티크 시계는 남편의 취향이다. 중고품 매매 사이트에서 제법 비싼 값에 구입한 뻐꾸기시계가 배달되던 날 남편은 전에 없이 수다스러웠다. 신기하지 않아? 50년 전쯤에는 유럽의 가정집에 걸려 있었을 거란 말이야. 한눈에 봐도 그건 미니멀한 가구 일색인 거실에 분명 어울리지 않는 것이었지만 나는 웃으며 고개를 끄덕였다. 3년은 결혼이 끊임없이 나와 다른 취향을 견디는 과정의 연속이라는 걸 깨닫기에 충분한 시간이었다. 게다가 남편의 그런 취미가 아니었으면 내가 그와 만나는 일은 결코 일어나지 않았을 게 분명했다. 정말 다행이지 뭐예요. 내 말에 못질을 하던 남편의 입꼬리가 슬며시 들렸다. 당신은 이해해 줄 줄 알았어. 뻐꾸기시계를 고쳐 걸며 남편은 말했다.

물론 나는 그를 이해한다. 그러나 그 이해한다는 말이 수시로 짖어 대는 애완견처럼 밤낮없이 튀어나와 우는 저 뻐꾸기시계를 마음에 들어 한다는 말은 결코 아니다. 그저 견딜 뿐이다. 망할. 언제인가부터 뻐꾸기가 울면 나는 중얼거린다. 뻐꾹, 망할, 뻐꾹, 망할, 뻐꾹, 망할, 뻐꾹, 망할…….

나는 그렇게 오래 중얼거리며 서재 어딘가에 꽂혀 있을 책 한 권을 떠올린다. 표지와 책등이 너덜거리는 오래된 그 시집은 평생을 가난하고 외롭게 살다 간 시인이 생전에 낸 유일한 시집이라고 했다. 게다가 초판본이잖아. 이 책을 발견했을 때 내가 얼마나 기뻤는지 당신은 아마 모를 거야. 남편이 그런 식으로 우리의 첫 만남을 회고할 때마다 나는 긴장했다. 그 책은 전 애인이었던 S의 책이었다. 그 책이 왜 S의 집에서 챙겨 나온 짐 속에 들어 있었는지에 대해서는 잘 기억나지 않는다. 홧김에 닥치는 대로 짐을 싸던 와중이었기 때문이다. 책 한 권을 돌려주기 위해 다시 S를 만날 생각은 없었다. 또한 그를 떠올리게 하는 것이라면 모든 것이 지긋

지긋했다. 내가 중고품 매매 사이트에 그 책을 내놓은 이유였다. 보고 있으면 가슴이 아파서요. 책을 팔기로 한 이유를 남편이 물었을 때 나는 말했다. 사실은 아니었지만 그렇다고 아주 거짓도 아니었다. 그렇게 생각했다.

날개를 퍼덕거리며 울던 뻐꾸기가 조용해진다. 12시다. 휴대폰을 꺼내 남편의 위치를 파악한다. 10분 전쯤 강남에서 출발한 남편은 지금 한강을 건너는 중이다. 나는 책을 덮는다. 30분 후쯤이면 현관문을 열고 그가 들어올 것이다.

휴대폰에 위치 추적 앱을 깔 생각을 한 건 몇 달 전이다. 그날 택시 기사가 술에 취한 남편을 도로에 버려두고 가 버린 일만 아니었더라면 맹세코 수시로 남편의 위치를 확인하는 일 따위는 없었을 거다. 두 시간 만에 찾은 남편은 이마에 피를 흘리며 8차선 자동차전용도로 변에 주저앉아 있었다. 무서운 속도로 도로를 가로지르는 화물차의 바퀴에서 튕겨 나온 자갈과 모래가 쉴 새 없이 발목으로 튀어 오르는, 서해의 어느 공단으로 향하는 길이었다. 택시 기사와 함께 그를 차에 태우는 동안 나는 마음속으로 씨발과 망할을 백 번쯤 삼켰고 다시 그를 부축해 현관문을 열 때까지 이백 번쯤 그 말을 반복해 떠올렸다. 그 일로 남편은 이마와 손등에 상처를 얻었고 그걸 확인할 때마다 멋쩍게 웃으며 다시는 그런 일이 없을 거라고 거듭 내게 다짐했다. 그런 남편을 믿지 않는 건 아니다. 다만 다짐과 상관없이 일어나게 될 일들이 두려울 뿐이다. 나는 정말 그를 잃을까 걱정이다. 그게 위치 추적 앱을 깐 이유의 전부다. 당신은 정말 그걸 알아야 해요. 남편이 자유로에 진입한 것을 확인하며 나는 중얼거린다.

쥐고 있던 휴대폰이 부르르 떤다. 반사적으로 다시 휴대폰을 들여다본다. 낯선 번호다. 남편을 제외하고 이 시간에 나에게 전화를 걸 사람은 없다. 누굴까. 나는 손에 든 휴대폰을 바라보며 생각한다. 잘못 걸려 온 전화이거나 오래전 소식이 끊긴 사람일 확률이 높다. 둘 중 어느 쪽인지 알 수 없지만 받지 않는 편이 나을 것이다. 현관 쪽에서 도어록이 열리는 소리가 들린다. 전화기를 책상 위에 놓아둔 채 나는 자리에서 일어선다. 그가 오늘 갔던 술집이 '메이'라는 일식집이었다는 사실을 떠올린다. 나는 웃으며 눈을 흘긴다.

"어서 와요."

무너지듯 나에게로 몸을 기댄 그를 끌고 방 안으로 들어선다. 언제까지 이런 일을 반복해야 하는 것일까. 망할. 나는 작게 중얼거린다. 물론 그는 듣지 못할 것이다. 그가 숨을 내뱉을 때마다 알코올 냄새가 허공으로 퍼져 오른다. 나는 숨을 참고 양말을 벗기며 생각한다. 견뎌야 하는 것과 견딜 수 없는 것, 그리고 변한 것과 변하지 않는 것을.

"꽃구경하러 가지 않을래요?"

남편은 나에게 그렇게 물었다. 만난 지 한 달쯤 되던 어느 날이었다. 사방에 꽃들이 만발한 늦봄이었다. 나는 망설였다. 내가 경험한 꽃구경은 꽃길에서 시작해 엉망으로 취한 채 낯선 방에서 눈을 뜨는 것으로 끝나는 거였다. 정말 거기가 끝이었다. 같이 잤다고 네가 내 마누라는 아니야. S는 나에게 말했다. 그건 사랑이 아니라는 말도 했다. 억울했다. 아무리 생각해도 내 잘못이라고는 S가 어디서 뭘 하고 있는지 궁금해했던 것뿐이다. 그래서 전화를 여든두 번이나 하니? 마누라라도 그러면 질려.

S는 그렇게 말하며 피곤하다는 듯 뒷목을 주물렀다. 사랑하면 그럴 수도 있다는 내 변명에 S는 코웃음을 쳤다. 넌 널 부양할 남자가 필요한 것뿐이야. 그런 병신은 딴 데서 찾아봐.

나는 신발과 가방을 질질 끌며 내 작고 어두운 방으로 돌아왔다. 억울했지만 한편으로 후련하기도 했다. 두 번이나 행시에 떨어진 S의 미래 따위는 이제 알 바가 아니었다. 버림받은 것은 내가 아니라 S인 것 같았고 그건 전적으로 무능한 S 탓이었다. 이제 그런 연애는 하고 싶지 않았다. 신중해야 했다. 그즈음의 내가 스스로 다짐한 건 주로 그런 것이었다.

나는 마주 앉은 그를 바라보았다. 작은 눈을 반달 모양으로 휜 채 여느 때와 마찬가지로 웃는 (그와 그가 입은 흰 셔츠와 감색 면바지, 그리고 손목에 찬 시계는 보기에 좋았다.) 그에 비하면 작은 키나 튀어나온 배 따위는 작은 흠에 지나지 않았다. 무엇보다 내가 그를 따라 꽃구경에 나선 이유는 그에게서는 내게 익숙한 조바심 같은 것이 전혀 느껴지지 않았기 때문이다. 정말이지 그는 여유로운 사람이었다. 마주 앉은 식당에서 그는 메뉴를 까다롭게 선택할 줄 아는 사람이었고 그 맛에 솔직한 평가를 내리는 사람이었으며 당연하다는 듯 일체의 비용을 자신이 계산할 줄도 아는 사람이었다. 그런 태도는 어디서나 한결같았다.

나는 그날 그의 집 거실에 앉아 정원의 꽃을 바라보다가 울음을 터트렸다. 무더기로 핀 영산홍 위에 쏟아지는 햇빛 때문이었는지 서랍장만 한 스피커에서 흘러나오는 음악 때문이었는지는 지금도 알 수 없다. 다만 모든 게 완벽해 보이는 그날의 풍경이 결코 내 것이 아니라는 사실이 슬퍼서 견딜 수가 없었다. 내가 그의 어깨에 기대 우는 동안 그는 꼼짝도 하지 않고 이따금 가느다란 한숨을 내뱉었다. 행복이 있다면 이런 거겠구나, 그런 생각을 하니 눈물이 나더라고요. 그가 왜 울었느냐고 물었을 때 나는 그렇게 대답했다. 지나치게 솔직한 건 얻는 것보다 잃는 게 많다는 걸 알게 된 즈음이었다. 그는 이해한다는 듯 고개를 끄덕이며 수줍게 웃었다. 다행이라고 그가 중얼거리는 동안 나는 내 방을 떠올렸다. 때때로 한밤에 취객이 도로에 면한 현관문을 두드리던 집이었고 걸핏하면 벽이 젖거나 하수도가 막히거나 화장실 천장이 내려앉는 집이었다. 나는 그런 집의 낮고 작은 방에 살았다. 다시 돌아가지 않을 수 있다면 뭐든 할 것 같았다.

우리는 그해 가을 결혼했다.

남편은 여전히 나를 사랑하고 나도 그런 그를 사랑한다. 물론 그의 취향에 완벽하게 동의하는 것은 아니다. 나는 아직도 그가 고물들을 수집하는 데 들이는 비용이 아깝고 오늘처럼 술 냄새에 찌든 채 잠드는 것이나 다달이 나를 마땅찮아 하는 그의 본가에서 주말을 보내야 하는 것도 싫다. 무엇보다도 그가 나를 안을 때마다 흘리는 땀 냄새는 정말 참기 어려울 지경이다. 그러나 이 모든 것이 풍경을 얻은 대가라는 것을 안다. 씨발과 망할에 기대 살아갈 수밖에 없다. 나는 남편의 셔츠와 양말을 뭉쳐 한 손에 쥔 채 컥컥거리며 코를 고는 남편을 밀어 모로 돌려놓고 방을 나온다. 이제야 제대로 숨을 쉴 수 있을 것 같다. 가전제품의 푸른 LED 표시등들이 고양이의 눈처럼 반짝거릴 뿐 얼룩 한 점 없는 거실은 서늘하고 고요하다.

아무리 문질러 닦아도 지워지지 않는 물때 같던 시절이 있었다. 이혼하고 각자의 삶을 꾸린 부모

탓을 하고 싶지는 않았다. 그들을 원망하기에 나는 너무 궁핍하거나 피곤했다. 그때 내 목표는 단 하나였다. 헌 집 대신 새집을 갖는 것. 물론 내 힘으로는 도저히 그런 집에서 살 수 없다는 것도 알았다. 새벽 6시부터 밤 10시까지 쉬지 않고 일한 대가로 받은 액수가 고작해야 한두 달 생활비에 불과하다는 걸 알게 된 건 대학교 2학년 여름방학 때였다. 벽에 걸린 거울 속에 통장과 계산기를 쥔 내가 앉아 있었다. 얼굴이 잘 보이지 않았다. 얼굴을 가리는 것이 흐트러진 머리카락인지 더러운 거울인지 알 수 없었다. 창밖에서 술에 취한 행인이 뭔가를 걷어차는 소리가 들렸고 사이렌 소리가 먼 곳에서 다가오고 있었다. 나는 귀를 막으며 중얼거렸다. 뭔가, 달라져야 해.

식탁에 앉아 카모마일 차를 홀짝거리며 무거운 어둠이 걸린 창을 바라본다. 곧 날이 밝으면 저 창으로 공원이 훤히 내다보일 것이고 호수의 수면에서 반사된 햇빛이 거실에 들이칠 것이다. 지난봄에 관리인 몰래 호숫가에 심었던 수선화 구근을 떠올린다. 꽃이 피고 지는 것에 관심을 두기 시작한 건 결혼 후부터였다. 당신 같은 취미를 가진 사람을 만나서 정말 기뻐. 주머니에서 구근을 하나씩 꺼내 주며 남편은 말했다. 남편은 그런 사람이었다. 공원이 가까우면 좋겠어요. 언제든지 같이 산책할 수 있게요. 신혼집을 보러 나선 내 말에 남편은 자신도 그런 꿈을 꾼 적이 있다고 했다. 같은 꿈을 꾸는 사람을 만나 기쁘다는 말도 덧붙였다.

우리가 살기에 적당한 이 집을 찾은 건 집을 보러 다닌 지 열흘쯤 되던 날이었다. 현관에서 단풍나무 목재가 깔린 널따란 거실과 큰 창이 마주 보이는 집이었다. 겨울에는 추울 거 같은데. 곁에 선 남편이 그렇게 중얼거리자 공인중개사는 재빨리 창가로 다가가 창문을 여닫아 보였다. 아휴, 요즘 집들은 그런 거 걱정 안 해도 돼요. 단열이나 차음은 기본이에요, 기본. 나는 중개사의 말은 듣는 둥 마는 둥 멍하니 창가로 다가갔다. 침엽수와 활엽수가 뒤섞인 공원의 나무들 뒤로 잘 닦인 호수가 보였고 그 호수 위로 노랗고 붉은 잎사귀들이 날아오르고 있었다. 노랗고 붉은 새처럼 보이기도 했다. 나무와 새가 한꺼번에 보이는 집은 처음이었다. 전선이 싸리 덩굴처럼 엉켜 하늘을 가린, 내 방에서 보는 바깥 풍경과는 비교할 수가 없었다. 공원에 모인 사람들이 나무 밑에 앉아 허리를 젖히고 웃거나 개를 끌고 호수 주변을 걷는 걸 오래 바라보았다. 정말 아무 걱정도 없는 사람들 같았다. 여기가 좋겠어요. 나는 여전히 시선을 창밖에 둔 채 말했다. 수도꼭지를 틀었다 잠그고 형광등을 껐다 켰다 하며 부산을 떨던 남편도 그게 좋겠다고 했다. 나는 그의 손을 잡고 그 집을 나왔다. 나에게도 드디어 집이라고 부를 수 있는 집이 생긴 날이었다. 그 외에는 아무것도 중요하지 않았다.

컵을 쥐고 있던 손을 내려다본다. 뭔가 허전하다. 그제야 서재에 두고 온 휴대폰을 떠올린다. 당장 쓸 곳이 있는 것은 아니지만 곁에 없으면 허전한 것은 어쩔 수 없다. 나는 자리에서 일어나 서재로 간다. 그리고 습관처럼 휴대폰을 확인하다가 고개를 갸웃거린다. 부재중 전화 두 통과 음성 메시지 두 개를 확인했기 때문이다. 누굴까. 잠시 망설이던 나는 음성 메시지를 확인한다. 지혜다. 낯선 전화번호는 지혜의 바뀐 번호였다.

*

선생님. 주무세요? 주무시겠죠? 저 원래 이런 짓 안 하는데 오늘은 좀 말이 고프네요. 왜 그런 날 있잖아요. 아무리 먹어도 계속 배가 고픈 거 같은, 그런 날 말이에요. 낮에 선생님이 먼저 가시고 거기 너무 오래 앉아 있었나 봐요. 혼자인 게 익숙하기는 하지만 가끔은 아무 말이나 할 수 있는 사람이 있었으면 좋겠다는 생각도 들어요. 비행운을 봤어요. 솔직히 말하면, 전 비행운을 본 게 처음이었어요. 물론 그전에도 자주 봤지만 그게 비행운이라는 걸 안 건 며칠 전이었거든요.

세상에는, ……제가 몰랐던 단어들이 많더라고요. 그래서 그게 거기 있지만 거기 있는 게 뭔지도 모르고 살았던 거죠. 나는 뭘 잘못해서 그렇게 기도와 반성만 하면서 살았을까 하는 생각을 했죠. 아니, 제가 살아 있기는 한 건지 잘 모를 지경이에요. 해가 지는 걸 너무 오래 바라봤나 봐요. 그래서 이런 거라 이해해 주세요. 밤에 걷다 보면 여러 생각이 들거든요. 잊고 싶었던 것과 잊고 있었던 것들.

선생님께 너무 오래 연락을 안 했다는 걸 떠올

린 것도 며칠 전 밤이었어요. 물론 낮에도 걸어 봤는데요. 낮에 걸으면 이상하게 피곤하더라고요. 사람도 많고 길들도 너무 반듯반듯해서, 모든 게 반듯반듯한데 저만 안 그런 것 같고……. 나만 다르다는 생각을 하면 정말 숨쉬기가 힘들어요. 물론 '다르다'는 '틀리다'와 다른 말이라는 걸 알지만, 그래도 여전히 다른 것과 틀린 것은 같은 말이라는 생각이 들어요. 제가 이렇게 밤에 걷는 이유는 그거 때문인 거 같아요. 밤에는, 틀린 거나 다른 거나 다 잘 안 보이잖아요. 어떤 것들은 더 자세히 보이기도 하고요. 정말이에요. 언젠가 잠이 안 와서 한밤에 걸어 다니다가 놀이터에 간 적이 있는데요, 한밤에 깨어 있는 사람들이 그렇게 많은 줄은 몰랐어요. 중고딩이 모여 술을 마시며 지들끼리 낄낄거리고, 또 가끔은 술 취한 남자들이 와서 오줌도 갈기고.

……이제 놀이터는 안 가요. 무서워졌어요. 일이 있었거든요. 며칠 전에 거기서 제가 발작을 일으켰대요. 전 기억이 안 나는데 제가 그랬대요. 놀이터 구석에 앉아 미끄럼틀 밑에서 술 마시던 애들을 구경하던 날이었어요. 물론 그 애들이 갑자기 부둥켜

안고 키스를 할 줄은 몰랐죠. 물론 요즘은 낮에도 여기저기서 슬쩍슬쩍 그러는 거 저도 많이 봤어요. 제가 몸을 숨겼던 건 키스를 하는 애들이 둘 다 여자라는 사실 때문이었어요. 알아요, 여자가 여자를 사랑하는 거나 남자가 남자를 사랑하는 걸 이상하게 생각하는 게 이상하다는 걸요. 아는데도 실제로 보니까 왠지 보면 안 되는 걸 본 것 같더라고요. 절 이상하게 생각하실 거예요. 저도 제가 이상하니까요. 왜 사람들을 훔쳐보고 궁금해하고 그러는지 저도 잘 모르겠어요. 정말 제가 저답지 않아요. 점점 더 그러는 거 같아서 조금 무서워요. 그날도 제가 왜 그랬는지 모르겠어요. 키스를 하다가 한 명이 상대방 가슴을 더듬는 걸 보니까 화가 나더라고요. 물론 거기까지도 참을 만했어요. 그런데 가슴을 더듬던 손이 치마 밑으로 들어가더니 한 애가 다른 애한테 "다리 좀 벌려 봐." 이러는 거예요. 그 말을 듣는 순간 뭔가가 숨을 막는 것 같았어요. 숨이 잘 안 쉬어지더라고요. 정신을 차리고 보니 제가 바닥에 드러누워 있었어요. 비명을 지르며 말이에요. 저는 제 목소리가 그렇게 큰 줄 몰랐어요. 그나마 다행인 건 깊은 밤이라 사람들은 별로 안 모였다는 거예요. 근처 치킨집 아저씨하고 거기서 술 마시던 사람들 서너 명, 그 정도였어요. 물론 그 기집애들은 도망갔죠. 그런데 저를 일으켜 세우던 치킨집 아저씨가 간질이 있냐고 묻더라고요. 제가 눈을 까뒤집고 온몸을 떨었대요. 정말 말도 안 되는 말인데……. 무서웠어요. 선생님, 아시잖아요. 제가 그렇지 않다는 거 말이에요. 그런데 왜 그랬을까요? 아니, 왜 그 기집애는 하필 왜 거기서 그런 말을 했을까요. 그러면 안 되는 거잖아요. ……다 그 인간 탓이에요. 그 인간 때문에…… 다 망쳤어요. 딸인데…… 딸한테…….

첫 번째 음성 메시지는 거기서 끊어진다. 나는 잠시 멍하니 앉아 있다. 지혜가 맞는데 지혜가 아닌 것 같다. 말이 많은 것도 그렇지만 나는 지혜가 이런 식의 말을 하는 것도 처음 들었다. 비록 구체성이 결여된 추론에 대한 지적은 자주 했지만 지혜는 비교적 논리적인 아이였다. 적어도 내가 아는 지혜는 그랬다. 3년 동안 도대체 무슨 일이 있었던 거니. 나는 휴대폰을 향해 묻는다. 두 번째 메시지가 남았지만 들어야 할지 말지 좀처럼 갈피를 잡을 수가 없다.

벽과 벽이 맞닿고 창과 창이 마주 보이는 동네에서 오래 살았다. 햇빛은커녕 통풍도 제대로 되지 않는 동네였다. 그 동네에서 나는 늘 고개를 돌리면 이웃집의 누군가와 눈이 마주칠 것 같은 기분을 떨칠 수가 없었다. 실제로 종종 화장실 창문으로 샤워를 하는 이웃의 상반신이 보이기도 했다. 그럴 때면 눈길을 피하고 싶은 마음과 더 자세히 보고 싶은 마음에 주먹을 움켜쥐고 어둠 속에서 있곤 했다. 왜 그 시절이 떠오르는지 알 수 없지만 그때와 같은 느낌을 지울 수 없다. 전화를 건 건 지혜인데 왜 내가 뭔가를 엿듣고 있다는 생각이 들까. 나는, 무엇을 엿보고 싶은 걸까. 나는 입술을 깨물며 두 번째 음성 메시지를 확인한다.

……안 되잖아요. 그게 나쁜 일이라는 걸 알았을 때는 이미 너무 많은 시간이 지난 뒤였어요. 아무에게도 말할 수 없었어요. 밤마다 악몽처럼 입술에 손가락을 세워 대며 문을 여는 그 인간이 제게 한 일을 누구에게 말할 수 있었겠어요. 말한다 한들 아무도 제 말을 믿지 않을 게 뻔하기도 했고

요. 낮에는 정말 너무 멀쩡해 보였거든요. 저도 가끔 헷갈릴 정도였어요. 지난밤 나쁜 꿈을 꾼 게 아닌가, 내 안에 사악한 기운이 깃든 건 아닌가, 그런 생각을 한 적도 있었죠. 반성문을 썼던 건 그래서였어요. 매일매일 주기도문을 외우는 심정이었어요. 그런데요, 선생님. 반성문을 쓰면서도 그 인간이 했던 짓은 차마 쓸 수가 없더라고요. 제가 적을 수 있었던 것은 오직 저에 대한 것뿐이었어요. 죽은 새를 보고 그냥 지나쳤다든지, 죽은 새를 묻었다가 다시 파내어 한참을 들여다봤다든지, 집 담장에 핀 장미꽃을 따서 바닥에 짓이겨 버렸다든지, 방문을 잠그고 침대 밑으로 기어 들어가 그 인간이 죽게 해 달라고 기도했다든지…….

가위를 손에 쥐고 잠든 적도 있어요. 휘두르기도 전에 뺏겼지만요. 가위를 빼앗아 창밖으로 던지더니 저에게 『욥기』를 필사하라고 하더군요. 두려움이 사라질 거라고. 그 말대로 해 본 적도 있어요. ……미친 짓이었죠. 그러다가 도망칠까 궁리도 했어요. ……포기했지만요. 못 믿으시겠지만 선생님 때문이었어요. 언젠가 선생님이 떨어뜨리고 간 다이어리를 봤거든요. 숫자가 참 많이 적혀 있었던 게 기억나요. 그 숫자들을 보면서 사는 데는 참 돈이 많이 드는구나, 그런 생각을 했던 거 같아요. 아침이 안 왔으면 좋겠다는 글도 봤어요. 선생님도 나랑 비슷한 사람이라고 생각했던 것도 아마 그 때문일 거예요.

저는요, 밤이 안 왔으면 좋겠다고 생각했어요. 밤이 오면 방문이 열리니까, ……방문이 열리면 그 인간이 빨리 죽게 해 달라고 기도하게 되니까, 날마다 밤이 없어졌으면 좋겠다고 생각했어요. …… 물론 이제 다 지난 일이에요. 전 이제 잘 먹고, 잘 자고, 선생님이 그랬던 것처럼 아침이 오지 않았으면 좋겠다고 생각하는 날도 있어요. ……가끔, 울고 싶기는 해요. 내가 뭘 잘못했는지 생각하다 화가 나서 눈물이 날 지경이 되거든요. 애초에 반성문 같은 건 쓰지 않는 게 나았을 텐데. 가끔 그런 후회를 하기도 해요. 선생님이 일기를 쓰느냐고 물었던 그때 왜 반성문을 쓰느냐고 선생님이 다시 물어봐 주길 제가 얼마나 바랐는지 선생님은 아마 모르실 거예요. 그랬다면 다 털어놓았을 텐데. 다 털어놓고 새털처럼 가벼워졌을 텐데.

……왜 이런 얘기를 선생님한테 하는지 저도 모

르겠네요. 이제 선생님이 죽을까 걱정하지 않아도 돼서 그런가? 죽고 싶다는 선생님 글 보고 정말 걱정했거든요. 우습죠? 저 같은 애가 누굴 걱정한다는 게 정말 말이 안 되기는 하는데, ……암튼 그랬어요. 이제 걱정 안 해도 될 거 같아요. 아까 저 내내 선생님 손과 목을 보고 있었어요. 행복하게 잘 살고 계시는 거 같아요. 손질이 잘된 손톱과 핏줄이 보일 만큼 하얗고 가는 목과 그 목에 걸린 목걸이가 반짝거리는 걸 보고 있으려니까 어쩐지 그런 생각이 들더라고요. 아, 이제 나랑 다른 세계에 사는 사람이구나 하는 생각. 결혼식에 가지 않은 것도 그런 이유였어요. 좀 슬펐거든요. 그때 저는 여전히 반성문을 쓰며 살고 있는데 선생님은 너무 행복해 보여서, ……좋은 일인 줄 알면서도 마음이 좀 그랬어요. 저도 모르게 선생님이 저랑 비슷한 처지라고 생각했나 봐요. 결국…… 그런 사람은 없는데 말이에요. 그런…… 말을 할 수 있는 사람은 없는데 말이에요.

휴대폰을 통해 듣는 지혜의 목소리에 바람이 우는 소리가 섞여 있다. 걸음걸이를 따라 지혜가 흔들리는 게 느껴진다. 씨발. 나는 나도 모르게 내뱉는다. 지혜가 말한 '그 인간'에 대한 기억이라고는 단정한 뒤통수가 전부다. 그런데 왜 난데없이 나에게 이런 말을 하는지 알 수 없다. 우리는 오랜만에 만나 잡다한 얘기를 나누며 밥을 먹고 차를 마셨을 뿐이다. 지혜가 전에 없이 굴기는 했지만 그렇다고 우리 사이가 어색해지거나 특별해진 것은 아니었다. 우리는 언제나 그랬듯이 할 말과 하지 못할 말을 가릴 줄 아는 사람들이었고 그것에 대해 암묵적으로 동의한 사람들이었다. 나는 일주일에 한 번씩 십자가나 성화가 걸려 있던 거실의 계단 옆 방문 안에서 나를 기다리고 있던 지혜를 떠올려 본다. 지혜는 한 번도 크게 웃거나 수다스러웠던 적이 없다. 학교 생활을 물으면 잘 지낸다고 얘기했고 성적 관리도 알아서 잘하는 아이였다. 손이 안 가는 조용한 아이. 내가 기억하는 지혜는 그랬다. 아니, 어쩌면 그건 내가 기억하고 싶은 대로만 기억하는 지혜인지도 모르겠다.

어떤 기억은 시간이 지날수록 멍 자국처럼 선명해진다는 걸 안다. 또한 흔적은 사라져도 통증은 남는다는 것도 아는 나이가 됐다. 그러나 그 통증에 대해서만큼은 내가 어떤 태도를 취해야 하는지 알 수가 없다. 내가 아는 것은 나와 상관없는 문제에 직면하게 됐다는 사실뿐이다. 망할. 나는 지혜에게 어떤 것도 바라지 않았다. 나 또한 아무것도 줄 것이 없었기 때문이다. 아무리 생각해도 내가 그녀에게 해 줄 수 있는 일이 떠오르지 않는다. 물론 위로의 말을 건넬 수는 있을 것이다. 그러나 나는 위로를 믿지 않는다. 나에게도 위로를 건네는 사람들이 있었다. 학교 선배는 돈을 구하는 내게 힘내라고 말한 뒤 바삐 사라졌고, 인턴이었던 나에게 계약 기간 만료 통보를 전하던 대리도 마찬가지였다. 점점…… 나아지겠지. 휴게실로 나를 불러놓고 한참을 말이 없던 그는 그렇게 말하며 내 어깨를 몇 번이나 쓰다듬었다. 나아지는 것은 아무것도 없었다. 나는 그저 헌옷 수거함처럼 그들이 내뱉는 남루한 말을 무력하게 주워 담고 있었을 뿐이다. 나는 지혜에게 어떤 위로도 하지 않을 것이다. 휴대폰을 내팽개치고 이마를 짚는다. 이 모든 것이 다이어리 때문이다.

그런 적이 있다. 버스 정류장에서 지갑을 찾으려고 가방을 뒤지다가 다시 지혜네 집으로 뛰어간 그런 날. 그때 그 언덕길을 뛰어 올라가며 나는 이를 악물었다. 다이어리에 아무렇게나 끄적거렸던 말들은 아무에게도 털어놓고 싶지 않은 것들이었다. 어차피 아무도 나를 도울 수 없다면 그게 맞았다. 나를 우습게 여기는 건 나 혼자만으로도 충분했다. 그게 나를 지탱하게 하는 힘이었다. 내가 지혜의 차가운 방으로 되돌아갔을 때 다이어리는 여전히 지혜의 책상 밑에 떨어져 있었다. 불과 10분 남짓이었으므로 그런 줄 알았다. 그런데 아니었구나. 나는 씁쓸하게 웃는다. 불쑥 나에게 전화를 걸어온 것도, 잘 지내느냐고 묻는 그녀의 표정이 걱정스럽게 여겨졌던 것도 다 그 때문이었다. 아무것도 모르면서. 나는 그녀가 곁에 있기라도 한 것처럼 내뱉는다. 그녀는 정말 아무것도 모른다. 다시 뻐꾸기가 운다. 자리에서 일어선다. 잠이 쉽게 올 것 같지 않지만 아침에 늦지 않게 남편의 해장국을 끓이려면 어떻게든 자야 한다. 당장은, 그게 나에게 더 중요한 일이다.

*

어디선가 물 흐르는 소리가 들린다. 아니, 물이 끓는 소리 같기도 하다. 멍하니 주위를 둘러본다. 식탁 위에는 빈 찻잔과 갈변한 과일이 담긴 접시가 놓여 있다. 나는 시커멓게 변한 과일이 담긴 접시를 물끄러미 바라본다. 저건, 감이었을까, 사과였을까. 기억을 떠올리려 애쓰지만 아무것도 기억이 나지 않는다. 접시에 담긴 과일뿐만이 아니라 화병에 꽂힌 꽃이나 개수대 위에 걸어 놓은 행주도 바짝 말라 있다. 게다가 식탁 위에 엷은 먼지가 깔린 것이 보인다. 이상한 일이다. 아주 잠깐 딴생각에 잠겨 있었을 뿐인데 마치 상한 물처럼 모든 것이 탁하고, 어두워졌다. 망할. 나는 탄식처럼 중얼거린다. 그리고 그 말을 너무 오래 중얼거렸다는 생각을 하면서 다시 망할이라고 내뱉는다. 언제부터 여기에 앉아 있었는지 가늠이 되지 않는다. 분명 남편과 차를 마시려던 참이었다. 다른 날과 마찬가지로 과일을 깎아 접시에 담은 다음 방으로 들어간 남편을 큰 소리로 불렀다. 여보, 차 식어요. 나는 웃으며 방문을 열었다. 그뿐이었다. 그런데 남편은 어디로 간 것일까. 나는 부스스 자리에서 일어나 방과 화장실을 차례차례 살핀다. 침대는 내가 늘 정리한 대로 말끔하고 화장실은 물기 한 점 없다. 문틀에 기대 눈을 감는다. 망설이지 않고 문을 열고 나가던 남편이 떠오른다. 닫힌 문이 다시 열리기를 나는 얼마나 기다린 걸까. 아무 소리도 들리지 않는다. 바람조차 없는 밤이다.

내가 한 잘못이라면 남편을 너무 사랑한 것뿐이다. 남편은 그걸 알아야 한다. 그랬더라면 분명히 그렇게 화를 내며 뛰쳐나가지는 않았을 거다. 사실 그렇게까지 화를 낼 일도 아니었다. 정말 걱정이 됐어요. 다시 당신에게 무슨 일이 생길까 봐, …… 두려웠다고요. 나는 그가 곁에 있기라도 한 것처럼 말한다. 눈 뜨기가 두렵다. 왜 이렇게 된 것일까. 우리는 그저 차를 마시려던 참이었다. 그사이에 남편이 옷을 갈아입으러 방에 들어가지 않았다면, 그래서 화장대 위에 놓인 내 휴대폰을 살피지 않았다면 우리는 늘 그랬던 것처럼 차를 마시며 오늘 만났던 사람에 대한 험담이나 최근 눈에 띄게 낮아진 호수의 수위를 걱정하는 것으로 저녁을 지나고 있을 거였다. 그러다가 당신은 그 물들이 주변의 지하로 흘러들어 지반이 약해질 것을 걱정했을 테고 나는 괜한 걱정이라고 당신을 안심시키려 애썼겠지. 발밑에 거대한 싱크홀이 생겼다고 생각해 봐. 또 당신이 걱정스러운 표정을 지으며 그렇게 말한다면 나는 당신의 손을 잡고 아직 일어나지 않은 일을 걱정하는 건 당신답지 않다고 말해 줬겠지. 그래. 당신은 그렇게 말했다. 그게 당신이 생각하는 사랑이냐고. 일어나지도 않은 일 때문에 자신을 감시하는 게 사랑하는 방법이냐고.

나는 아무 말도 할 수 없었다. 차마 그런 방법 따위는 생각해 본 적이 없다는 말을 하지 못했다. 그건 생각하는 게 아니잖아요. 뒤늦게 그렇게 중얼거렸을 때는 이미 당신이 어디론가 사라진 후였다.

눈을 뜬다. 여전히 얼룩 한 점 없는 집 안이 어쩐지 뿌옇고 희미해 보인다. 문득 청소를 해야겠다는 생각이 든다. 순간적인 충동에 집을 나가기는 했지만 남편은 돌아올 것이다. 화가 가라앉고 나면 내 사랑에 대해 곰곰이 생각해 볼 여유가 생길 거다. 내가 아는 남편은 그런 사람이다. 그때까지 어떻게든 이 집을 온전하게 유지해야 한다. 나는 식탁 위의 찻잔과 접시를 개수대로 옮기고 화병의 꽃을 버린 다음 식탁을 닦기 시작한다. 방 안에서 희미하게 휴대폰 벨 소리가 들린 것은 막 설거지를 끝냈을 때다. 남편일 것이다. 이 시간에 나에게 전화할 사람은 오직 그뿐이다. 튀어 오르듯 방으로 달려가 휴대폰을 집어 든다. 동시에 뻐꾸기시계가 다시 울기 시작한다.

뻐꾹, 망할, 뻐꾹, 망할, 뻐꾹, 망할, 뻐꾹, 망할, 망할, 망할…….

남편이 아니라 지혜다. 망할. 또, 지혜다. 대체 왜 시도 때도 없이 나에게 전화를 하는지 알 수가 없다. 자신의 비밀을 털어놨다고 해도 그녀에게 이런 권리가 생기는 건 아니다. 나는 지혜에게 무엇도 원한 적이 없다. 그게 우리가 7년 동안 연락을 주고받을 수 있는 이유였다. 다시는 전화하지 말라고. 나는 휴대폰을 노려보며 소리친다. 일방적인 행동은 폭력이라는 걸 그녀도 알아야 한다. 그게 자신을 고립시키는 가장 큰 이유라는 걸 부디 그녀가 깨닫길 바란다. 그 와중에도 벨 소리와 뻐꾸기

시계 소리는 집요하게 이어진다.

나는 귀를 막으며 주저앉는다.

뻐꾹과 망할 사이에서 내가 할 수 있는 건 그게 전부였다.

아무도 모른다

창틀에 앉은 새가 날개를 퍼덕이는가 싶더니 순식간에 허공으로 사라진다. 이 허공에는 얼마나 많은 새들이 숨어 있을까. 아주 오래전 그렇게 중얼거리는 목소리를 들은 적이 있다. 나는 새들이 사라진 쪽을 바라보며 그 나지막한 목소리를 떠올린다. 희미한 바람처럼 혼자 듣고 혼자 지워 버린 목소리다. 누군가 꿈이라고 말한다면 꿈이었구나라고 중얼거리고 말.

새가 날아가고 나자 집 안으로 석양이 들어서기

시작한다. 그림자가 돌아가야 할 쪽으로 기우는 시간이다. 이즈음이 되면 생과 생 아닌 것의 경계가 모호해지는 걸 느낀다. 내가 그 순간을 어떻게 아는지는 알 수 없지만 숨소리나 벽과 유리창에 찍힌 생의 흔적 같은 것들이 갑자기 분명해지는 순간이 있다. 마치 살아 있거나 아주 오래 잠들었다 깨어나는 것처럼. 나는 자라다 만 손자국과 무겁고 분명한 발자국들이 남아 있는 유리창을 오래 쓰다듬는다. 그 흔적들은 나뭇잎처럼 자라다가 아무도 모르게 뭉개지거나 지워질 것이다. 희미한 사실들에 관심을 기울이는 사람은 없을 테니까. 그런 건 더 이상 그들에게 사실이 아니니까.

*

위층의 누군가가 요란하게 머리 위를 가로지르는 게 느껴진다. 베란다에 놓인 개집 위의 먼지가 소스라친다. 말라 버린 넝쿨식물에서 잎이 떨어진다. 건너편 건물에서는 복도로 나온 여자가 이불을 턴다. 하얀 이불이 허공을 찬다. 기울어진 석양이 잘게 쪼개진다. 먼 곳에서 개가 짖는다. 수런거리는 저녁이 다가온다. 그뿐이다. 너는 가슴을 가쁘게 들썩거리면서도 내내 잠에서 깨지 않는다. 네가 꾸는 꿈은 어떤 모습일지 궁금하지만 내가 그걸 알아낼 방법은 없다. 너의 무릎과 어깨와 콧등에 앉았다가 그늘 속으로 숨기를 반복하는 파리가 그런 것처럼 나는 무기력하게 네 곁을 맴도는 것이 고작이다. 바닥으로 들이친 붉은 햇빛이 네 발치에 닿았다가 허벅지를 타고 올라가 순식간에 작은 어깨에 걸린다. 곧 햇빛이 잠든 네 목을 그을 것이다.

베란다 창 끄트머리를 길게 가르며 비행기가 지나간다. 줄이 아주 잠깐, 흔들린다. 너는 여전히 눈을 감은 채로 다시 세차게 엄지손가락을 빨기 시작한다. 자면서도 멈추지 않는 그 행위는 언젠가부터 시작된 너의 버릇이다. 덕분에 너의 오른쪽 엄지손가락은 두어 번 손톱이 빠졌고 손톱이 빠지고 난 뒤에는 기형적으로 부풀었다. 마디가 굵어지고 피부색까지 변한 그 손가락을 볼 때마다 나는 식물의 뿌리에 기생하는 혹을 떠올린다. 마디를 끊은 자리에서 몸집을 부풀리다 끝내 식물을 죽이고 마는. 아닌 게 아니라 네 그 손가락은 너에게 기생하며 양분을 흡수하는 버섯처럼 날마다 모양이 조금씩 달라진다. 네 신체 중 유일하게 성장하는 부위 같기도 하다. 언젠가 여자는 네 유치가 벌어지고 비뚤어진 것이 그 손가락 빠는 버릇 때문이라고 했다. 빼라고. 사과를 깎던 여자는 손가락을 문 너에게 그렇게 말했다. 그와 동시에 네가 말을 못하는 아이라는 사실도 떠올렸다. 어느 날부터 그냥 말을 안 해. 제 어미를 닮아 그런 건가 싶기도 하고. 언젠가 남자가 여자에게 자신도 답답하다는 듯 털어놓았던 걸 떠올린 거다. 여자는 숨을 고르고 다시 말했다. 손가락을 빨지 말라는 얘기야. 너는 움찔거리며 눈치를 볼 뿐이었다. 여자는 깎던 사과를 내려놓으며 물었다. 내 말이 안 들리니?

그럼에도 불구하고 어쩌면 그 저녁은 그럭저럭 별일 없이 지나갔을지도 모른다. 네가 선 채로 오줌을 싸지 않았더라면 말이다. 그건 너도 모르는 네 몸이 한 일이었지만 여자가 이해하기 어려운 일이기도 했다. 자신을 무시하는 게 아니고서는 도저히 할 수 없는 행동이었다고 한밤에 돌아온 남자에게 몇 번이나 말했을 정도다. 여자는 정말 심한 모욕감을 느꼈다. 바닥에 흥건하게 고인 자신의 오줌을 보며 울음을 터뜨린 너를 밀친 건 그 때문이었다. 불만이 있으면 말로 하라고. 플라스틱 쟁반과 사과와 슬리퍼 따위를 네 쪽으로 집어 던지며 여자는 고함을 쳤다. 여자가 생각하기에 그건 정당한 행위였다. 자신이 지나치게 많은 희생을 강요당하고 있다는 느낌에 견디기 어려운 날들이었다.

사실 그런 일은 어디서든 일어날 수 있는 많고 많은 날 중 하루에 불과했다. 어디에나 손가락을 빨거나 오줌을 싸는 아이는 있고 물건을 집어 던지는 습관을 가진 사람도 넘쳐 나는 세상이니까. 게다가 여자와 네가 함께 지내기 시작한 기간은 고작 한 달 남짓이었고 그 기간은 서로가 서로를 알기에 턱없이 부족한 기간이었다. 그래서 여자가 거칠게 네 손가락을 잡아채서 쥐고 있던 과도를 갖다 댄 게 일시적인 충동에 불과하다는 걸 너는 몰랐다. 네가 선 채로 오줌을 싼 이유가 단지 화장실 문을 열지 못하는 데서 비롯됐다는 사실을 모르기는 여자도 마찬가지였다. 너는 도망쳤고 여자는 너를 쫓았다. 서로 아무것도 모른 채 쫓고 쫓기던 그 상황은 결국 택배 기사의 방문으로 싱겁게 끝나 버렸다.

여자는 곧 그 일을 까맣게 잊었다. 네가 숨기 시

작한 게 그날부터라는 것도 알아채지 못했나. 다만 너를 몇 번이나 침대 밑에서 찾아낸 여자는 어느 날 문득 그 문제에 좀 더 논리적으로 접근해야 한다는 생각이 들었다. 좀 모자란 거 아닐까. 남자의 품에 안겨 있던 여자가 조심스럽게 말했다. 그렇지 않고서는 저럴 리가 없잖아. 남자 또한 그런 의혹을 품던 즈음이었다. 그때서야 그간의 일들이 이해되기 시작한 그들은 비로소 안심했고 동시에 낙담했다. 따지고 보면 그들은 그들의 방식으로 너를 걱정한 거였다. 남자나 여자가 게임방에서 밤을 새우고 새벽녘이 되어 돌아오거나 술에 취해 들어오는 이유의 대부분이 너 때문이라고 서로에게 자주 털어놓았던 건 정말 진심이었다.

현관문이 열렸다 닫히는 소리가 벽을 타고 전해온다. 연이어 창문이 흔들리고 문에 걸린 달력이 팔랑거린다. 네가 눈을 뜬 것은 벽이 울음을 멈추고 모든 사물이 제자리로 돌아간 다음이다. 그들이 흔들어 놓고 떠난 집 안에서 고요가 다시 차오른다. 너는 어제 아침 이후 어떤 것에도 반응하지 않는다. 천천히 눈을 깜박거리며 눈앞의 밥그릇을 바라보다가 도로 눈을 감는 너를 본다. 뭘 먹거나 마시고 싶다는 욕구도 사라진 듯하다. 지금과 같은 너의 무관심은 전에 없던 것이다. 지나가던 구름이 우연히 해를 가리거나 이웃의 누군가가 창문을 여닫는 소리에도 예민하게 반응하던 얼마 전에 비하면 정말이지 너는 빈집처럼 고요하다.

네가 달라지기 시작한 건 한 달 전 즈음부터다. 냉장고 문을 연 네가 네 키를 훌쩍 뛰어넘는 위 칸을 살피려 했던 게 시작이었다. 냉장고 아래 칸을 밟고 올라선 너는 비틀거렸다. 뒤로 넘어지면서도 넘어지지 않으려고 팔을 휘저었다. 냉장고 안의 반찬통이며 양념통 따위가 손아귀에 잡혔지만 그것들이 균형에 도움이 되지 않는다는 걸 알기에 너는 너무 어리고 작았다. 한번 쏟아진 건 다시 주워 담을 수 없다는 사실을 어렴풋하게나마 알았으나 너는 자신이 아는 게 뭔지 설명할 수도 없었다. 얼굴에 쏟아진 김치 국물을 뚝뚝 떨어뜨리며 도망친 이유였다. 네가 하는 모든 일들이 그렇듯 너는 도망치는 일에도 서툴렀다. 방에서 뛰쳐나온 남자가 식탁 밑으로 기어드는 네 발목을 잡아 들어 올렸을 때 뒤따라 나온 여자는 중얼거리듯 내뱉었다. 보통이라면 잘못한 건 알 나이야. 보통이 아닌 너를 보통으로 만들기 위해 고민하던 남자는 자신의 경험을 떠올렸다. 따끔하게 잘못을 일러 줄 필요가 있었다. 자기 자식을 좀 더 사람답게 키우고 싶은 건 누구나 가질 수 있는 욕심이며 바람이니까. 허공에서 거꾸로 매달린 네 등을 후려친 건 그 때문이었다. 여자가 현관에서 구둣주걱을 가져올 때까지 남자는 최선을 다해 너에게 잘못을 일러 주기 위해 노력했다.

사람이면 좀 사람 새끼답게 굴어. 너를 베란다로 끌고 나가며 남자가 말했다. 그날부터 너는 종종 침대 밑에서 끌려 나와 베란다로 내쳐졌다. 가끔 네 목에 목줄이 걸리기도 했다. 흰 것과 검은 것, 어두운 것과 밝은 것, 조용한 것과 고요한 것, 두려운 것과 더 두려운 것……. 잘못을 잘 못 배운 네가 아는 분별은 그게 다였지만 그걸 알 수 없었던 그들은 자신들의 행위가 마땅한 일이라고 생각했다. 정말이지 자신들의 행위가 너를 좀 더 나은 사람으로 만들어 줄 거라 믿어 의심치 않았다.

햇빛이 지나간 자리에서 어둠이 차오르기 시작

한다. 채도와 명도가 낮아지는 시간이다. 창밖에서 불빛이 하나둘 떠오른다. 창문 틈새로 바람이 새어 드는지 볼을 가린 네 머리카락이 희미하게 흔들린다. 너는 마치 침묵을 강요받는 인간처럼 어떤 반응도 없다. 강아지처럼 끙끙거리며 돌아누운 네 눈가에서 흐르는 눈물을 본다.

너는, 왜 우느냐고 묻고 싶다. 이야기에서 이야기로 전해지는 삶과 말에서 말로 전해지는 감각을 표현하는 게 할 일의 전부인 나에게 왜 그런 의지가 생겨난 건지 알 수 없다. 다만 논리와 논리 사이를 떠도는 침묵이, 침묵과 침묵 사이를 가로지르는 예감이 나를 추동한다. 보이지 않아도 있는 것들, 있지만 자꾸 잊어버리는 이름들이 그림자처럼 너와 나 사이를 지나간다.

남자와 여자가 집을 비우는 시간이 길어지면서 허락된 것과 금지된 것을 눈치로 구별하던 네가 베란다에서 지내는 시간도 덩달아 길어졌다. 한 시간에서 한 나절, 한 나절에서 하루가 되는 건 정말 금방이었다. 그러던 어느 날 만 하루가 지나도 돌아오지 않는 남자와 여자를 기다리던 너는 밤

새 목줄을 쥐어뜯으며 울었다. 손가락을 빨거나 우는 것. 말을 잃어버린 네가 너를 증명하는 방법은 그게 다라는 걸 나는 안다. 세상은 여전히 평화롭고 순조로워서 네 사정을 궁금하게 여기는 사람은 없었다. 모두들 귀를 막고 낮은 불평을 쏟아 내거나 창문을 열어 주변을 두리번거린 게 그사이에 있던 일의 전부였다. 짐승처럼 꺽꺽거리며 울던 네가 고요해진 건 새벽녘이었다. 네가 베란다 난간에 올라서던 그 순간을 기억한다. 움직임을 따라 네 목에 걸린 줄이 어둠을 팽팽하게 잡아당기던 것이나 난간에서 내려선 네가 내뱉은 긴 숨소리도 분명하게 떠오른다. 100년을 잠들지 못한 노인의 그것처럼 깊고 피로한 숨을 내뱉으며 희붐하게 밝는 창밖을 바라보는 너의 눈매에는 세상의 비밀들을 한꺼번에 알아 버린 인간의 그것과 같은 조로(早老)가 매달려 있었다. 단언컨대 피로라는 단어의 가장 분명한 형상이 너인 것 같았다. 한참 동안 그렇게 난간에 매달려 있던 너는 가끔 하늘을 보며 몸을 떨기도 했다. 네가 아무 데서나 오줌과 똥을 싸고 목줄 없이도 베란다에서 잠들기 시작한 건 그날부터였다. 너는 정말 아무 때나 자고 잠에서 깬 후에도 잠 속에 있는 것처럼 멍한 표정으로 유리창 너머의 세상을 바라보기만 했다. 인간이 되는 대신 사물이 되기로 작정한 것 같았다. 그게 말을 대신한 네 의지처럼 보였다.

파리가 달려든다. 달려든 파리들이 네 몸 위를 낮게 떠다닌다. 나는 다가서며 네 주변을 떠돌던 단어들을 떠올린다. 엄마나 아빠, ……집, 밥 같은 사소한 말들. 이미 오래전에 너를 떠난 그 말들은 한때 네 작고 붉은 혀끝에서 소리가 되기를 기다리던 것들이다. 그 단어들을 입에 올리는 순간 네게 보였을 세상을 상상해 본다. 물이라고 말하면 물이 흐르고 혀를 윗니 안쪽에 대어 빛이라고 소리 내면 그때야 비로소 빛나기 시작하는 말들. 네 시야 너머의 너머까지 뻗어 나가는 무수한 감각을 그려 본다. 바람이 불 때마다 붉고 흰 것들이 피어나고, 피어난 담장은 길이 되어 어쩌면 너는 걷거나 달리다, 울겠지, ……웃겠지. 네 등 뒤에서 떠오를 준비를 하던 거대한 영토와 구불구불 이어진 시간의 타래들을 나는 눈앞의 일처럼 기억한다. 지금은 사라지고 없는 것들이다. 이제 네 곁에 남은 건 나뿐이다.

*

나는 왜 여기 있을까.

침묵이 수면 위로 떠오르는 밤이면 가끔 그런 것이 궁금해진다. 애초부터 나를 만든 건 희망이 아니라서 나는 그저 바람 없이 실제의 세계를 떠돈다. 비가 지나간 뒤 더 짙어지는 웅덩이나 웅덩이를 건너뛰는 아이의 짧고 작은 허공. 나는 그 사이 어디쯤에서 발음되는 존재다. 동시에 나는 네가 발음한 적도 없는 존재기도 하다. 그게 내가 무력한 이유이면서 네가 나를 감각할 수 없는 이유다. 눈을 뜬 네가 비척비척 일어나 빈 화분 쪽으로 걸어가는 지금도 나는 여기 있는 것 외에는 아무것도 할 수 없다.

나는 검은 똥을 흘리는 너를,
창백하고 건조한 얼굴을 들어 올리는
너를 그저,

본다.

먼 곳에서 종소리가 들려온다. 아주 오래전에 사라진 종이 울린다. 집을 나간 인간들이 돌아오고, 돌아온 인간들은 떠나고, 떠난 인간들이 더 먼 곳으로 돌아가는 것을 알리는 종소리가 오랜 시간을 돌아 이곳에 도착한다. 쪼그려 앉은 너는 그 소리에 귀 기울인다. 먹빛으로 가라앉는 허공을 바라보며 입을 벌린다. 아……. 한숨 같기도 한 그 소리는 분명 너의 의지에서 태어난 소리다. 어쩌면 그게 너의 마지막 의지일 거라고 나는 생각한다. 사라질 때가 됐다. 천천히 베란다를 떠다니는 그 소리에 섞여 너의 감각 속으로 스민다. 나는 처음이자 마지막으로 쓸쓸하고 서늘한 저녁이 되어 너의 곁에 눕는다. 눈을 감는 너의 입에서 긴 숨이 흘러나온다. 흘러나온 숨이 점점 흐려진다. 그게 우리의 처음이자 마지막 의지였다.

죽지 않는 사람들

알은 읽고 나는 듣는다. 그게 알과 나, 둘의 관계다. 사실 알이 읽는 이야기에 귀를 기울이기 시작한 것은 낮은 천장 구석에서 작은 거미집을 발견했던 날부터다. 그게 언제부터 거기 있었는지는 알 수 없다. 다만 알의 목소리를 따라 흔들리는 거미줄이 신기하게 여겨졌다. 목소리가 뭔가를 흔들 수 있다는 사실을 그때서야 알게 된 거였다. 거기 있지만 거기 있는 줄 몰랐던 세상이 거기 있다는 걸 알기 위해 평생을 다 써 버린 기분이었다. 나는 생전 처음 보는 사람처럼 알을 보았다.

청바지에 티셔츠를 받쳐 입은 그는 여느 때와 마찬가지로 책을 들고 내 가까이 앉은 채였다. 누군가 곁에 있다는 사실이 새삼스러웠다. 그의 입을 통해 흘러나오는 말들이 덥고 더러운 방 안을 떠다닌다는 착각도 들었다. 들이치는 햇빛 속을 떠도는 말들이 먼지와 섞이며 점점 분명해지는 것을 느꼈다. 나는 작고 반짝이는 먼지가 그렇듯 알의 낮은 목소리를 따라 출렁거리는 빛과 그늘을 멍하니 바라보았다. 그 모든 것이 거짓말 같은 사실이었다. 그날부터였다. 그가 읽는 이야기들이 들리기 시작한 건.

물론 그게 전부다. 알은 여전히 읽고 나는 듣기만 한다. 그게 알과 나, 둘의 관계다. 위층의 쿵쿵거리는 발소리가 누운 내 몸 위로 지나간다. 시작이구나. 나는 생각한다. 천장 바닥을 뚫을 기세로 떨어진 뭔가가 나뒹구는 소리가 뒤따른다. 책을 읽던 알이 고개를 든다. 경험대로라면 잠시 알과 나는 읽거나 듣지 못할 것이다. 한 번도 보지 못한 위층의 여자와 남자가 싸우고 먹고 싸고 사랑하는 일 따위는 우리가 알 바 아니지만 알과 나는 말없이 여자의 죽이라는 새된 말과 죽이겠다는 남자의 고함, 그리고 온 건물을 무너뜨릴 것처럼 울부짖는 소리 들을 듣는다. 그동안에 나는 두어 번 기침하거나 이불을 만지작거리고 알은 가방에서 생수병을 꺼내 물을 마시며 책을 뒤적거린다. 이처럼 어색하고 소란스럽고 마냥 느리게 느껴지는 시간으로 우리의 관계는 조금 명확해진다. 그와 나는 낯설고, 어려운 사이다. 상관없다. 늘 그렇듯 깨지고 구멍 나서 버려질 사물들과 부서지고 멍들고 피를 흘리는 사람이 생기겠지만 오늘과 같은 내일은 다시 올 것이고 낯설고 어색한 우리는 곧 서로의 얼굴조차 기억나지 않는 사이로 돌아갈 거다. 흘깃 알을 본다. 알은 내가 알 수 없는 어떤 문장에 손가락으로 밑줄을 긋고 있다. 읽고 있다는 확신은 할 수 없지만 그가 노력하고 있다는 사실은 분명해 보인다. 마침내 부서져라 현관문이 닫히고 계단을 뛰어 내려오는 발소리가 들린다. 문이 열렸다 닫히면 끝나는 이야기가 있다. 표정 없는 알이 고개를 든다.

다시 알은 읽고 나는 듣는다. 알의 손을 본다. 희고 마디가 가는 손. 오른손 중지에 박인 굳은살을 보니 육체노동을 하는 자는 아닌 게 분명하다. 그 손을 보며 나는 이불 속의 내 왼손을 생각한다.

화석처럼 굳은 그 손은 내 의지와 상관없는 손이 된 지 오래다. 뒤틀린 건 손뿐이 아니다. 산 것도 죽은 것도 아닌 나는 말 그대로 산송장이다. 알이 이런 나를 정기적으로 찾아온 지 한 달 남짓이다. 그사이에 우리가 한 일이라고는 읽고 듣는 것이 전부다. 그는 내가 듣는 것에 크게 신경 쓰지 않는 눈치고 나도 그가 읽는 것에 크게 관심을 갖지는 않는다. 그러니까 우리는 어떤 희망이나 기대 없이 마주한, 그야말로 아무 사이도 아닌 사이다.

그동안에도 알은 그치지 않고 읽고 나는 가끔 듣는다. 그의 목소리가 낮은 허공을 떠돈다. 알이 읽는 것은 재밌는 것도 아니고 재미가 없는 것도 아닌, 정말이지 뭐라 말하기 어려운 이야기다. 신이 대화를 나누고 싸우고 토라지고 사랑을 하고 벌도 준다는 설정은 그럴듯하지만 인간을 영웅으로 만들 것까지는 있을까 싶다. 내가 생각하기에 인간에게 지속적으로 필요한 건 신도 아니고 영웅도 아니다. 일생에서 신이 필요한 순간은 한두 번에 그칠까 말까 하고 영웅은 그때마다 딸려 나오는 부록 같은 존재다. 한길에서 쓰러져 병원으로 실려 가면서 나는 간절히 기도했다. 그냥 죽게 해 달라고 말이다. 그러나 나는 산 것도 아니고 죽은 것도 아닌 채로 살아났다. 재활 치료사는 간절한 기도와 꾸준한 치료만이 스스로를 구원할 수 있을 거라고 말했다. 나를 구원하기에 나는 너무 가난했다. 막상 스스로를 구원해도 할 일이 없었다. 아무도 사랑하지 않았고 누구도 내 곁에 있고 싶어 하지 않은 지 이미 오래였다. 나는 희망이나 기대 없이 죽어 가는 노인이다. 필요한 것이나 바라는 것이 없은 지는 오래됐다. 지금 알이 읽는 저 신과 인간의 지극히 인간적인 이야기도 내게는 별 필요 없다. 나는 하품을 한다. 알이 읽기를 멈춘다. 나는 알을 쳐다본다. 과연 우리에게 우리라는 단어를 쓰는 것이 마땅한지는 모르지만 우리가 함께하는 시간이 다 된 것인지도 모른다. 시간을 확인하려던 나는 이 방에 시계가 없다는 걸 새삼 깨닫는다. 그는 두어 번 마른기침을 하더니 크게 숨을 고른다. 죄송합니다. 알이 다시 읽기를 이어 간다.

"눈앞의 사실에서 고개를 돌려서는 안 돼요. 개돼지도 아는 그것을 인간은 종종 잊지요. 그게 인간 세계의 문제예요. 인간이라면 아무것도 잊으면 안 된다는 걸 모르는 사람이 점점 늘어나는 건 정발 심각한 일이에요."

알이 읽은 문장에 따르면 개나 돼지보다 못한 사람이 되기는 너무나 쉬운 일일 것에 반해 사람이 되는 조건은 가혹하다. 아무것도 잊으면 안 되다니. 신과 인간이 말을 주고받았던 시대에는 아무것도 잊지 않는 것이 인간의 가장 중요한 사명이었는지도 모르지만 지금의 사정은 많이 다르다. 실제로 나는 어제 내가 뭘 먹었는지, 똥을 싼 건 그제였는지 오늘이었는지 기억나지 않는다. 별거 아니지만 살기 위해서 늘 처음처럼 먹고, 싸야 한다. 살려면 어제를 잊으라고 오래전에 누군가 나에게 조언을 한 적이 있다. 선택의 여지가 없는 상황이었다. 개처럼 기고 돼지처럼 뒹굴며 어제를 잊으려고 노력했다. 내리막길을 구르며 옛날은 잊는 것이라고 복창했다. 돌이켜 보면 내가 살아서 돌아올 수 있었던 건 정말로 옛날을 버렸기 때문이다. 내가 의심 없이 믿는 건 신이 아니라 그거다. 거의 성공한 것 같다. 많은 것을 잊었다. 개처럼 떠돌던 어린 시절을 제외하고는 제대로 떠오르는 것이 없다. 처자식을 버리고 만주로 떠나 버린 아버지를 줄기차게 원망하던 어머니만 아니었다면 그조차 기억하지 못했을 것이다. 그 후 아버지가 어떻게 됐는지는 모른다. 만주에서 개장수를 했다는 소문도 있고 여자 장사를 했다는 소문도 있었으나 그 모든 것이 바람결에 전해진 바라지 않는 이야기들이었다. 틈틈이 굿도 하고 북쪽 창문 위에 부적을 써 붙이기를 반복하며 어머니는 오래오래 살았다. 행복한 삶은 아니었다. 굿을 하거나 부적을 써 붙일 돈을 모아 나에게 줬더라면 노년이 좀 편했을 텐데 어머니는 그걸 몰랐다. 그 덕에 나는 어려서부터 개고생을 해야 했다. 억울했던 적이 한두 번이 아니었다. 내가 개나 돼지보다 못한 존재가 된다면 그건 전적으로 아버지 때문이다. 아니다. 그것조차 필요 없는 생각이다. 기억이 생각을 부르고 생각이 다시 기억을 불러올 거다. 나는 그게 두렵다. 삶을 견디는 데 필요한 것은 아무것도 기억하지 않는 것이다. 팔자 탓을 할 필요는 없다. 그 모든 것을 정한 건 신이 아니다. 사실 신들은 아무것도 하지 않는 자들이다. 그렇게 생각하지 않으면 살 수가 없는 삶이었다. 나는 지금도 매일 처음인 것처럼 밥을 먹고 똥을 싸고, 잠을 잔다. 내 경험으로는 개돼지도 밥 주는 사람 외에는 아무것도 기억하지 않는다. 그러니 알이 읽은 저 문장은 개나 돼지를 키워 보지 않은 사람이 쓴 게 분명하다. 어디선가 구린내가 흘러든다. 바람의 방향이 바뀐 탓이다. 개천에서 풍겨 오는 저 냄새의 방향을 바꾸는 것이야말로 신이 해야 할 일이다. 냄새를 조금이라도 피하려 고개를 돌린 나는 알과 눈이 마주친다. 내내 나를 보고 있었음이 분명하다. 마치 내 생각을 들여다보기라도 할 것인 양 말이다. 우리는 한동안 눈싸움을 하는 사람들처럼 서로의 눈길을 피하지 않는다. 맹랑하고, 이상한 녀석이다.

처음 내 집에 사회복지사와 찾아온 날도 느낀 거지만 알은 도통 속을 드러내지 않는다. 그 또래 특유의 경솔함이나 발랄함도 찾아볼 수 없다. 알은 그저 가깝지도 멀지도 않은 거리에 앉아 계집아이처럼 곱상한 표정으로 책을 읽다 돌아갈 뿐이다. 나는 알이 줄 것과 주지 않을 것을 생각한다. 평생을 개처럼 빌어먹고 얻어먹으며 안 게 있다면 그건 줄 사람인지 주지 않을 사람인지를 파악하는 방법이었다. 문을 여는 소리에서부터 그 둘은 다르다. 내가 저 윗집에서 들려오는 싸움의 기승전결을 소리로 파악할 수 있는 건 오랜 시간에 걸쳐 습득된

능력 덕분이다.

돌이켜 보면 감자 한 알이라도 쥐여 줬던 사람들은 대개 사는 곳이 어딘지 왜 이곳까지 왔는지를 시시콜콜 물었다. 반면에 안 줄 사람은 더럽고 굶주린 나를 더럽고 굶주린 개 보듯 했다. 그럴 때면 애꿎은 항아리를 깨고 돌아서며 주먹 감자를 먹였다. 그런 일이 반복되면서 나는 점점 거짓말과 앙갚음에 익숙해졌다. 상황에 맞는 이야기를 꾸며 내는 법을 알았고 이야기를 꾸며 내는 일이 생각만큼 만만하지 않다는 사실도 알았다. 숨을 쉬는 것만으로도 배고픈 시절이었다. 아무 생각도 하고 싶지 않은 시절이기도 했다. 나는 점점 묻거나 대답하는 과정을 건너뛰기 시작했다. 줄 것 같은 사람 집에 들어가 감자 한 알을 들고나오거나 안 줄 것 같은 사람 집에 들어가서 닭 한 마리를 들고나오는 일이 훨씬 더 간편하다는 사실을 알게 된 거였다. 그런 경험에 비추어 본다면 알은 묻고 외면하기를 적절히 활용하는 사람이다. 뭐든 다 줄 것 같았다가도 또 돌연 아무것도 주지 않을 기세로 내게 눈길조차 주지 않는 날도 있다. 물론 아직 준 것도 받은 것도 없다. 오늘도 여전히 알은 줄 듯 말 듯 핏발 하나 없이 깨끗하고, 까맣고, 흰 눈으로 나를 바라보기만 한다.

*

밤보다 어두운 비가 내린다. 그 비를 가르고 번개가 친다. 일순 환했던 세상이 다시 어두워진다. 숫자를 세기 시작한다. 하나, 둘, 셋, 넷, 다섯……. 하늘이 낮게 운다. 소리와 빛의 이동 속도는 다르다. 나에게도 그런 걸 배우던 시절이 있었다. 딱 3년 다닌 학교에서 평생 쓰고도 남을 만큼의 상식과 눈치를 배웠다. 그마저도 이제는 필요 없는 것들이다. 이런 필요 없는 옛날을 더듬는 이유는 꿈 때문이다. 종일 지난밤의 꿈에서 헤어날 수가 없다. 한눈에 그들이 사자(死者)라는 걸 알았다. 사자가 무서운 것은 아니었다. 사자보다 더 두려운 건 한때 살았던 사람들이다. 지금도 여전히 여기 있는 사람들. 그들이 나를 찾아온 건 처음이다. 나는 고개를 젓는다. 그건 내 착각이다. 나에게 그런 사람들이 있을 리 없다. 나는 늙고 병들어 죽을 날을 기다리는 사람에 지나지 않는다. 꿈은 현실의 반영이지만 동시에 꿈은 꿈에 지나지 않는 것이기도 하다. 해석도 꿈이 있는 사람들이나 하는 짓이다. 꿈이 없는 나는 해석도 필요 없다. 지금 나에게 필요한 것은 쥐도 새도 모르게 죽을 수 있는 능력뿐이다. 그러나 그도 이미 글렀다. 똥을 누는 일조차 쉽지 않은 게 내 현실이다. 정말 무자비하게 자비로운 신이 있다면 오줌똥을 가리지 못하는 사람들을 먼저 품에 안아야 한다. 그만큼 오줌똥을 가리는 일은 이제 내게 죽는 것만큼 어려운 일이 됐다. 좀 전부터 아랫배에서 보내는 신호를 애써 무시하는 건 그 때문이다. 참는 데까지 참아야 한다. 어쩔 수 없이 몸을 움직여야 할 때마다 선 채로 죽거나 누워 죽는 것 중 어떤 방법이 더 나은지를 생각하게 되는 것도 싫다. 생각하면 할수록 생각은 내가 산송장이라는 사실을 더 분명하게 만들 뿐이다. 가능하면 아무 생각도 하지 않는 게 상책이다. 열린 문을 두드리는 소리가 들린다. 나는 벽에 기대앉은 채로 화장실을 다녀오며 열어 두었던 현관문을 바라본다.

알이다. 비 때문에 늦었다며 변명을 늘어놓는 알의 머리카락에서 물방울이 떨어진다. 앞섶과 바짓단도 온통 젖은 채다. 알의 움직임을 따라 물비

린내가 피어오른다. 물론 나는 여전히 바라보기만 한다. 그 냄새조차 반갑다는 말은 할 생각이 없다. 그 말뿐 아니라 어떤 말도 하지 않을 것이다. 알뿐만 아니라 누구와도 말을 섞지 않은 지 오래됐다. 길에서 쓰러진 후 나는 입을 닫았다. 딱히 의도가 있는 것은 아니었다. 그저 말을 하는 산송장이 어쩐지 끔찍하게 여겨졌다. 그사이에 내 말소리가 변했다는 걸 안 건 최근이다. 혼잣말을 하던 밤이었다. 내 귀로 듣는 내 목소리는 사람의 것이라고 할 수 없는 소리였다. 늙은 돼지나 곧 죽을 개가 바닥을 긁는 소리 같았다. 온몸이 털로 덮이고 뾰족한 주둥이를 한 채로 거품을 무는 돼지와 개를 상상했다. 그러다 벌레로 변하는 것은 아닌가 하는 의심을 하기도 했다. 그런 소설이 있다는 소리를 들은 적이 있다. 물론 알이 해 준 이야기였다.

기억을 복원하는 데 도움이 될 것 같아서 가져왔어요. 손수건으로 빗물을 닦은 알이 책을 꺼내며 말한다. 알의 말을 잘 알아들을 수 없다. 복원이라면 깨진 청자나 찢어진 문서 따위를 그럭저럭 처음과 비슷하게 돌려놓는다는 말일 텐데 기억과 복원이 무슨 상관일까. 나는 뜨악한 심정으로 알을 본다. 처음부터 이상한 게 한둘이 아닌 녀석이었다. 어느 날 무턱대고 찾아와 다짜고짜 책을 읽어 주겠다는 것부터 이해가 되지 않았다. 나는 그런 걸 바란 적도 없고 바란다는 말을 한 적은 더더구나 없었다. 곁에 선 사회복지사가 복지 시스템과 자원봉사 따위의 단어를 들먹이기는 했지만 내가 아는 지금의 복지 시스템은 그나마 있는 것도 없애는 판국이었다. 그런데 이 비를 뚫고 더럽고 냄새나는 방에 찾아와 기억을 복원하는 데에 도움이 되고 싶다고 말하는 이 애송이는 도대체 무슨 생각을 하는 걸까. 아무리 생각을 해 봐도 미친 게 아니면 멍청한 거다. 어차피 혼자 숫자나 세며 시간을 좀먹는 날들이다. 내가 그가 하는 꼴을 두고 보는 이유다.

알은 읽고 나는 듣는다. 알이 읽는 게 무슨 이야기인지는 잘 모른다. 나는 미간을 찡그린 채 알이 읽는 문장에 집중하기 위해 애쓴다. 뭔가 좋은 것 같기도 하고 알 것도 같지만 동시에 정신이 사나워지기도 한다. 복잡한 책의 내용과는 다른 쪽으로 마음이 자꾸 흘러가서 머릿속은 온통 새 발자국을 찍어 놓은 듯 어지럽다. 지난밤의 꿈 때문이다.

……침을 질질 흘리는 개 떼들과 지금은 생사조차 알 수 없는 사람들, ……거품을 물며 바닥으로 쓰러지는 얼굴들이 차례차례 그 꿈을 지나갔다. 나는 숨을 몰아쉰다. 뜨거운 한낮처럼 숨이 막힌다. 아니, 그러면 안 된다. 그건 내 기억이 아니다. 헐떡거리며 주위를 둘러본다. 누런 벽에 걸린 몇 벌의 옷가지와 죽은 것도 자라는 것도 아닌 선인장 한 그루에 한 번도 제대로 들여다본 적 없는 거울과 접어 놓은 휠체어가 전부인 방이다. 그 가운데 나는 애벌레처럼 누워 있다. 눈 감고도 알 수 있는 그게 내 기억의 전부다. 옛날은 갔고, 옛날은 기억하지 말아야 하는 것이다.

여전히 알은 읽지만 나는 듣지 않는다. 애초부터 알도 서양과자에서 시작한 이야기를 내가 제대로 따라갈 거로 생각하지는 않을 거다. 창밖은 밤 같은 낮인지 밤다운 밤인지 분간할 수 없을 정도로 어둡다. 이쯤에서 모든 것을 그만둬야 한다는 걸 안다. 할 일이 없어 오래 생각한 생각이다. 사내라면 어금니를 꽉 물고 참을 줄 알아야 한다는 말을 들은 적이 있다. 어금니를 물기 위해 참아야 할 것을 생각하다가 꽉 물 어금니가 내게는 없다는 사실을 떠올린다. 어금니를 잃은 뒤 나는 혼자가 되었다. 나를 엿 먹인 대가야. 전날 꿈속에서 어떤 얼굴이 말했다. 그 말이 맞다. 나는 엿 먹이는 사람이다. 다가앉은 알이 내 팔에 손을 얹으며 괜찮은지 묻는다. 나는 가쁜 숨을 몰아쉰다. 끈끈한 침이 알의 손등 위로 떨어진다. 떨리는 손을 들어 그 침을 닦아 주려 애쓴다. 알이 어떤 자인지 아직 모르지만 내게 그를 더럽힐 권리는 없다. 나는 이제 아무 데나 찍찍 침을 뱉는 사람이 아니다. 찍찍 쥐처럼 울며 고개를 흔든다. 나는 선량하고 준법정신이 투철한 시민으로 다시 태어날 것이다. 아니, 사자의 말대로 나는 아무것도 아니다. 나는, 나는 그저 애벌레다. 이 모든 것이 사자를 엿 먹인 대가다. 알이 내 손을 쥔 건 그때다.

괜찮아요. 이제 괜찮을 거예요. 그가 내 귀에 대고 말한다. 가까이 다가앉은 그의 심장이 뛰는 소리가 들리는 것 같다. 아니, 소리가 아니라 느낌이다. 아니다. 그건 소리도 느낌도 엿도 애벌레도 아닌 한 번도 경험해 보지 않은 이상한 감촉이다. 의지와 상관없이 부들부들 떠는 내가 희미하게 느낄 만큼 분명하고 규칙적인 그 울림에 나는 귀 기울이려 노력했다가 귀 기울이지 않기 위해 노력한다. 아니, 아무 노력도 하지 말아야 한다. 노력하지 않기 위해 노력하며 나는 땀을 흘린다. 알이 내 어깨를 쓸어 준다. 내 숨소리가 잦아들 때까지 알은 몇 번이나 어깨를 쓴다. 미친 건지 멍청한 건지도 모를 녀석에게 위로라는 걸 받게 될 줄은 꿈에도 생각하지 못했다. 게다가 그는 자신이 알이라는 것도 모르는 알이다. 알은 나만 아는 이름이다. 사회복지사가 알려 준 알의 진짜 이름은 잊어버렸다. 이름을 잊어버린 게 대수로운 일은 아니다. 우리는 만날 때 그랬던 것처럼 곧 끝날 사이다. 그의 이름을 부를 상황은 생기지 않을 거다.

처음 본 그는 크지 않은 키에 희멀끔한 꼴로 엉거주춤 서 있었다. 영 마뜩잖았다. 한눈에 봐도 부화도 되지 않은 알 같은 꼴이었다. 책으로 경험을 배운 부류인 게 뻔했다. 그런 이유로 알은 알이 됐다. 알이 된 알이 알처럼 웅크린 나에게 괜찮으냐고 묻는다. 안 괜찮아 보이는 건 알이지만 나는 아무 말도 할 수 없다. 알이 다시 책을 펼친다. 하지만 알은 읽지 않고 나는 듣지 않는다. 우리는 우두커니 서로 딴 곳을 본다.

*

알은 읽고 나는 듣는다. 읽기를 마친 그가 복구와 복원의 차이를 아느냐고 묻는다. 그는 언제부터인가 내 처지를 잊은 사람처럼 뭔가 묻기를 그치지 않는다. 그게 말버릇이라는 건 최근에 알았다. 그의 말에 의하면 복원은 사물을 원래 생긴 대로 되돌리는 것이고 복구는 그보다는 좀 더 다양한 의미를 지닌다. 복원과 같은 뜻 이외에 고장 난 시스템을 문제가 생기기 전의 상태로 돌리는 것도 복구라는 거다. 이전의 상태로 돌려놓음으로써 문제를 덮을 수 있다는 그 말을 나는 잘 알아들을 수 없다. 생각이라는 걸 하기 위해 눈알과 머리를 함께 굴려 보지만 모르기는 마찬가지다. 대충 덮고 문제 이전의 상태로 돌아가 아무렇지도 않게 지내라는 말을 하고 싶은 것인가. 그렇다면 알은 잘못 찾아온 거다. 그런 말장난 같은 말은 이후의 삶이 있는 사람들에게나 해 줘야 하는 말이다.

나에게는 돌아갈 이전이 없고, 이전이 없으니 이후도 없다. 기운 차리세요. 희망을 가지세요. 믿음을 배우세요. 나를 찾아오는 사람들은 비타민 음료니 물티슈 따위를 내밀며 하나같이 그렇게 말한다. 그때마다 나는 더 기운이 없었고 더 절망스러워져서 믿음에 엿을 먹이고 싶었다. 할 수 있는 말이 없으니 듣고 싶은 말도 없다. 알도 그들과 같은 무리인 걸까. 희멀끔한 얼굴의 그가 미친놈이나 멍청한 놈이 아니라 실은 똑같은 놈인지를 나는 생각한다. 엿이나 먹으라고 말하고 싶다. 불행인지 다행인지 얼어붙은 내 혀는 움직이지 않는다. 입에서 나오는 소리라고는 쉭쉭거리는 소리가 전부다. 몸 어딘가 구멍이 난 것 같다. 인간의 몸에는 몇 개의 구멍이 있을까. 나는 눈을 감으며 생각하고 알은 다시 입을 연다. 시스템을 복구한다고 해서 생긴 문제가 없어지는 건 아니에요. 다만 어디서부터 잘못됐는지는 확인할 수 있을지도 몰라요. 가끔 문제가 문제인 게 아니라 문제가 어디서부터 시작된 건지도 모르는 게 문제라는 생각이 들어요. 제 문제도 그거인 거 같아요. 확신할 수 없는 거리에 앉은 알의 말은 그게 다다. 자신이 책을 읽는 이유가 그것 때문이라는 말도 했다.

그날 밤 나는 곰곰이 생각한다. 나에게 기운이니 희망이니 믿음 따위의 단어 대신 문제나 잘못이라는 단어를 말한 사람이 있었는지를 말이다. 게다가 알이 말한 건 '내' 문제가 아니라 '제' 문제였다. 나에게 자신의 문제를 털어놓은 사람이 있었던가. 기억을 떠올리려 애쓰지만 없는 기억이 생길 리 없었다. 내 문제는 여전히 내가 아무것도 아니라는 사실이다.

여전히 알은 읽고 아무것도 아닌 나는 존다. 졸면서 생각해 보면 알과 나 사이의 시간은 그럭저럭 평화롭다. 여전히 알이 딱딱하고 긴 문장을 읽을 때면 딴생각에 빠지거나 졸기 일쑤지만 나를 외롭게 만드는 문장이나 또 불현듯 잠 속에 떠오르는 문장이 조금씩 쌓여 간다. 알은 바깥에서 안을 들여다보는 남자를 묘사하는 중이다. 내가 보기에 그는 따라가기 어려운 문맥으로 이루어진 소설을 좋아하는 경향이 있다. 지금 읽는 책만 해도 소설이라기보다는 기행문의 느낌이 강하고 기행문이라고 하기에는 식물도감의 성격이 더 짙어 차라리 백과사전이라고 하면 딱 좋을 것 같은 소설이다. 소설은 원래 그런 거라고 알이 말하기는 했지만 나로서는 주인공의 행동을 종잡을 수 없다. 순식간에 강을 건너고 눈이 내리는 들판에 도착한 남자가 목동을 만나 국경을 만드는, 땅과 지도의 이야기를 나누다가 돌연 들꽃의 이름을 나열하는 대목에 이르러서 그만 나는 눈을 감는다. 잠이 쏟아진다. 도저히 참을 수가 없다. 그 잠 속에서 알은 달리고 나는 난다. 말 같지 않은 꿈이다. 말 같지도 않은 꿈이네. 나는 말하고 알은 내 말을 따라 쓴다. 나는 쓰고 알은 그 말을 따라 읽는다. 얕은 꿈이다. 눈을 뜨자 다시 알의 목소리가 들린다. 문장 곳곳에서 낯선 지명들이 용수철처럼 튀어 오른다. 폭격으로 폐허가 된 마을에 뒹구는 사물들의 이름이 알의 입에서 한참 동안 흘러나온다. 아주 오래전 나에게 낯선 지명들을 일러 주던 소년을 만난 적이 있다. 고아원에서 도망친 지 사흘째라고 했다. 소년은 쉴 새 없이 떠들었다. 나를 뭔가 줄 사람이라고 판단한 게 분명했다. 국밥을 사 주고 하룻밤 잘 곳까지 마련해 준 건 그래서였다. 소년은 밤늦도록 자신이 가고 싶은 도시들의 이름을 나열하다가 잠이 들었다. 오리엔트니 에스콰이어니 아나보라나 아폴로 같은 곳이 과연 실재하는지 생각하다 나도 따라 잠이 들었다. 아침에 눈을 떴을 때 여인숙 방 안에는 나 혼자 누워 있었다. 수중의 돈과 시계는 물론 신발까지 몽땅 사라진 상태였다. 어차피 나도 누군가로부터 훔친 것들이었으므로 크게 아깝지는 않았다. 그저 슬쩍 신고 나온 여인숙 슬리퍼를 끌며 다시는 말이 많은 사람과는 말을 섞지 말아야겠다고 생각했다. 말이 많은 사람들은 빛나지 않는다는 알의 말을 떠올린다. 내 실어(失語)를 위로하려는 말이었는지 모르지만 아마 나는 오래전 그 아침에 어렴풋하게나마 그런 생각을 했던 거 같다. 말은 빛을 감추고, 가리고, 죽인다. 그리고 이야기는 자꾸 기억을 불러온다. 내게도 그런 날이 있었다는 걸 알게 된 건 축복이 아니라 저주다. 더 고독하고 더 죽음을 생각하는 나날이 늘어난다. 잠이 줄고 밤이 길어진다. 그가 읽는 이야기 탓이다. 이야기가 시간을 죽이는 데에는 도움이 될지 몰라도 삶에는 아무 도움이 되지 않는 게 더 분명해졌다.

어제도 알은 읽고 나는 들었다. 이름에 관한 동화라고 했다. 그런 책을 읽는 알의 의도를 알 수 없었다. 나는 하품을 서너 번쯤 했고 알의 진짜 이름을 떠올리려는 노력을 두 번쯤 하다가 포기했다. 어차피 이름은 불러 주지 않으면 별 의미가 없었다. 별 의미가 없는 건 없어도 된다. 이미 나는 그에게 알이라는 이름을 지어 주었다. 그 덕분에 가끔 알을 깨고 나오는 그를 상상했다. 물론 그게 전부였다. 알이 알을 깨고 나온 후에도 여전히 나에게는 알일 거다. 우리는 여전히 아무것도 확신할 수 없는 사이다. 이름이 있거나 없거나 달라질 것이 없다는 말이다. 어쩌면 나는 처음부터 없었던 사람인 양 알을 잊을 것이었다. 아니면 내가 먼저 처음부터 없었던 것처럼 없어지겠지. 없었던 것처럼 없어지는 것은 과연 어떤 느낌인지 문득 궁금해 하다가 문득이라는 말을 문득 생각했다. 위험한 말이었다. 문득이라는 단어로 이전과 이후가 생긴다는 사실을 알기 때문이었다. 두려웠다. 기운을 차리고 희망을 가져서 믿음까지 가지고 싶어질까 봐 나는 정말 날마다 걱정이다. 그래 봤자 결국 아무것도 아닌 나를 다시 확인하게 되고 말 거다.

동화책 읽기를 마친 알이 아무것도 아닌 나에게 이름이 기억나느냐고 물었다. 반사적으로 나는 842042라는 숫자를 떠올렸다. 한때 그건 내 이름이었다. 아무도 기억하지 않는 이름이면서 절대 잊어서는 안 되는 이름. 842042를 842024로 잘못 말해 밤새 포복하던 날이 아직도 생생했다. 그 덕분에 자면서도 842042라고 잠꼬대를 했고 똥을 누면서도 842042라는 이름을 중얼거렸다. 나중에는 원래 내 이름이 무엇이었는지 가물가물해졌다. 내가 기억하는 나는 대부분 '야'나 '어이'였거나 '이봐'였다가 842042 직전에는 안가(家)로 불렸고 출소 후에는 그마저도 불러 주는 사람이 없었다. 어떻게 알았는지 사람들은 수군댔다. 왜 그런 곳을 다녀왔느냐며 대놓고 묻는 사람도 있었다. 842042는 어느 순간부터 숨겨야 하는 이름이 되었다. 그 후의 나날들은 기억나지 않았다. 아니, 842042였을 때의 기억도 드문드문 떠오를 뿐이었다. 병원에서 스트레스 어쩌구라고 했는데 그게 뭔지는 잊어버렸다. 알이 약봉지를 집어 드는 걸 보았다. 이게 할아버지 이름이에요. 알은 약봉지에 적힌 이름을 소리 내어 읽었다. 안병수. 842042는 안병수였다. 알이 안병수라고 말하니 정말 내가 안병수 같았다. 안병수 같아지니 안병수로 죽어도 좋을 것 같다는 생각도 들었다. 밤이 늦도록 나는 짓무른 눈을 굴리고 산송장이 된 몸을 억지로 뒤집어 가며 옛날을 떠올리려 노력했다. 안병수로 죽어도 좋을 것 같다는 생각이 안병수로 살았던 삶을 떠올리려 하는 거였다. 나는 소리 내어 울고 싶지만 숫자를 세지는 않았다. 숫자를 세는 일이 생각을 줄이는 데에 아무런 도움이 되지 않는다는 걸 안 건 최근이었다. 그 대신 나는 움직이는 것들에 관심을 갖기로 했다. 이를테면 천장에 줄을 그은 거미줄은 왜 늘 빈집일까 따위에 관심을 갖기 시작한 거다. 며칠 사이에 거미줄은 정교해지고 튼튼해졌다. 그건 이 방에 거미가 산다는 뜻이다. 있지만 보이지 않는 것. 보이지만 없는 것. 세상은 대부분 그 사이에 있다고 알이 말했다. 어느 쪽을 믿으며 살지는 각자가 알아서 할 일이라고도 했다. 나는 어느 쪽도 믿을 수 없다. 보이는 것을 없다고 부정하는 일도, 보이지 않는 것을 있다고 믿는 일도 두렵기 그지없다. 나는 그저 모든 판단을 정지한 채 먹고 싸며 지낸다. 두렵고 외롭고 노엽고 우울한 감정이 하루에도 몇 번씩 내 몸을 들락거린다. 그럴 때마다 멍하니 누워 거미를 찾는다. 두렵고 외롭고 노엽고 우울한 감정이 사라지기를 기다리며 사물들의 이름을 왼다. 비루한 것들의 기척들을 듣는다. 나는 관 같은 어둠 속에 누워 바퀴벌레가 벽을 기어가는 소리와 살았는지 죽었는지 알 수 없는 선인장이 가시를 떨구는 기척을 느끼고 계절에 따라 변하는 바람의 방향과 그 방향이 별자리를 어떻게 바꾸는지 따위를 가늠하며 밤을 보낸다. 공사판을 전전하고 빈집을 털거나 소매치기로 삶을 연명하던 나를 기억하는 사람이 이 꼴을 본다면 웃다 뒤로 자빠질 것이다. 가끔 나조차 내 꼴이 우습고 슬퍼 뒤로 자빠지고 싶을 때가 있다. 그러나 나는 이제 자빠질 뒤마저 없는 사람이다. 실체 없는 실체는 없다는 걸 믿기 위해 거미를 찾는 사람이다. 내가 밤을 보내는 방법이다.

*

알은 읽지 못하고 나는 감은 눈을 뜨지 않는다. 좀 전부터 새롭게 시작된 위층의 소음 때문이다. 무슨 바람이 불었는지 기승전에서 멈춘 싸움이 전혀 다른 이야기로 바뀌었다. 좀 더, 더. 남자는 여자에게 계속 뭔가를 요구한다. 열어 놓은 창문으로 바람 대신 소리가 흘러온다. 말들이 들어온다. 더, 씨발, 더 세게, 더……. 남자의 목소리는 점점 간절해지고 점점 목청을 높이던 알은 끝내 읽기를 포기

한다. 나는 눈을 감은 채로 그가 물을 마시고 가방을 뒤적거리고 화장실에서 씻은 손을 또 씻는 소리를 듣는다. 물론 알이나 나나 그간의 경험을 통해 그 정도로는 위층에서 들려오는 소리가 가려지지 않는다는 사실을 안다. 창문이라도…… 하고 속삭이던 알이 말끝을 흐린다. 내가 눈을 감고 있기 때문인지 이 방의 온도가 이미 참기 어려울 만큼 뜨겁기 때문인지는 알 수 없다. 온 세상이 창문을 열어 놓는 계절이고 사랑이 계절과 상관없는 것이라는 걸 안다. 활짝 열린 창문이나 윗층의 함께 사는 남녀의 은밀한 사정을 탓할 수도 없다. 다만 알과 함께 있는 대낮이라는 게 문제다. 지금은 100년 전에 잃어버린 물건도 찾아낼 것처럼 모든 사물이 환하고 선명해지는 시간이다. 이런 시간에 누군가와 누군가의 은밀한 소리를 공유하는 상황이 생길 줄은 꿈에도 몰랐다. 눈을 떠야 할까. 나는 생각한다. 아무리 생각해도 돌아눕는 것조차 쉽지 않은 내가 알처럼 물을 마시고 가방을 뒤적거리고 씻은 손을 또 씻을 수도 없고 새처럼 수다를 떠는 일도 할 수 없다. 아무것도 할 수 없을 바에는 차라리 눈을 감은 쪽이 낫다. 눈을 뜨지 않아도 알이 자세를 고치고 책을 펴는 것을 알 수 있다. 그가 연신 땀을 닦고 손부채질을 하는 것도 느낄 수 있다. 바람이 불기를 기다린다. 내 귀에 들리는 저 소리가 바람에 흔들리기를 바란다. 때리는 소리도 나지 않았는데 위층 여자는 앓기 시작한다. 높고 짧게, 짧고 힘 있게. 한숨을 쉬며 알이 마침내 입을 연다. 주무시는 거 아니죠? 다 알아요. ……지금은 할 수 있는 게 별로 없어서…… 아무 얘기나 하고 싶은데…… 첫사랑 얘기나 할까요? 세상에. 탄식 같은 여자의 목소리가 끼어든다. ……과외 선생님이었어요. 나이 차이는 얼마 나지 않았지만 선생님은 선생님이니까 선생님이라고 불렀죠. 이 망할 년. 늘 여자를 망할 년이라고 부르는 남자의 목소리는 다른 날보다 낮고 굵다. 그냥…… 같이 운동도 하고 공부하고 그랬던 거뿐인데…… 이상하게 늘 떨렸어요. 알이 더듬거리며 옛일을 말하는 동안에도 창문을 통해 뺨을 때리는 것 같은 소리가 규칙적으로 내려온다. 아니 그보다는 큰…… 보름달만 한 뺨과 보름달만 한 뺨이 부딪치면 저런 소리가 날지도 모르겠다. 처음에는 정말…… 아니라고 생각했는데 그 선생님만 보면 기분이 이상했어요. 짧고 가늘고 높게 여자가 앓는다. 여자는 정말 아픈 것 같다. 아프게 하는 게 사랑일까. 나는 생각한다. 어느 날…… 수업을 끝내고 농구를 하자고 했어요. 누가 먼저 그런 말을 했는지는 잘 기억이 안 나요. 죽을 거 같아. 좀 전까지 죽이라고 악을 쓰던 여자가 죽을 거 같다고 말한다. 죽을 거 같아서 죽이라는 건지 죽일 것을 알아서 죽이라는 건지 나는 알 수 없다. 그런데…… 전 남자의 몸도 아름다울 수 있다는 걸 그날 처음 알았어요. 그전까지는…… 정말 한 번도 해 본 적 없는 생각이었어요. 머리 위에서 둔중한 물체가 떨어지고 구른다. 여자가 작게 웃는가 싶더니 다시 흐느낀다. 이게 실제로 들리는 소리인지 환청인지 헷갈리기 시작한다. 그러면 안 되는 거였는데…… 농구가 끝나고 바닥에 아무렇게나 드러누웠는데…… 진짜 입을 맞출 생각을 했던 건 아니었어요. 남자가 정말 죽일 것처럼 소리를 지르기 시작한다. 망할 년, 이 망할 년, 아, 씨발, 아, 씨발. 여자도 따라 소리를 지른다. 도저히 환청이라 생각할 수 없을 만큼 크고 높게, 높고 길게. …… 참을 수가 없었어요. 바람이 싣고 온 말이 다시 바람을 흔든다. 세상이 아주 조금 흔들린 것도 같다.

나는 눈을 뜬다. 모두 죽어 버리기라도 한 것처럼 위층에서는 아무 소리도 들리지 않고 벽에 등을 기댄 알은 허공을 응시하고 있다. 그 뒤로 그 선생님을 다시는 못 봤죠. ……그리고 알았어요. 잠깐 눈을 감았다 떴을 뿐인데 사방이 어둡고 낯설다. 비밀을 숨긴 사람처럼 눈빛을 낮추고 어깨를 낮춘 알이 고개를 숙인다. ……빛나는 것들은 언제나 멀리에서 봐야 한다는 걸 말이에요. 다시 쿵쿵거리는 소리가 머리 위를 가로지르더니 화장실 문이 열렸다 닫히는 기척이 뒤따른다. 오줌발이 떨어지는 소리를 들으며 나는 빛나는 것들을 생각한다. 알이 두 손에 얼굴을 묻는다. 나는 낯선 사물을 보듯 알을 오래 바라본다. 도저히 고개를 들 수 없을 것 같은 시간은 누구에게나 있다. 얼굴을 피해 얼굴을 가리는 시간. 잘못한 것 없이도 매일매일 부끄러워하고 반성하며 절망하다 억울하고 화가 나서 숨이 막히던 시간. 그건 나에게도 익숙한 시간이다.

손을 들어 알의 머리 가까이에 가져가다가, 만다. 그를 만질 수 없다. 그게 이전과 이후를 만드는 일이라는 걸, 나는 너무나 잘 안다. 알의 말간 관자놀이를 타고 흘러내리는 땀방울을 보며 가벼운

두통을 느낀다. 아니, 두통을 느끼는 건 알이고 땀을 흘리는 게 나인지도 모른다. 내가 보고 있는 게 사실인지, 누군가가 보는 사실이 나인지 확신할 수 없다. 숨이 차오른다. 창으로 구린내가 흘러든다. 사는 동안 이 냄새를 피할 방법은 없을 것이다.

이러고 있으면 안 된다고 곁에 누웠던 청년은 중얼거렸다. 맞은 곳이 아파서 도저히 잠을 이룰 수 없는 밤이었다. 맞지 않고서는 일과가 끝나지 않는 날이 이어졌지만 왜 맞아야 하는지 일러 주는 사람은 없었다. 잊어버렸다고 여겼던 기억이 자꾸 떠오른다. 나는 떨리는 손으로 숫자를 세려 노력한다. 하나 다음은 둘이고 둘 다음은…… 셋, 셋 다음은……. 며칠 간격으로 주위에 있던 사람들이 하나씩 사라졌다. 셋 다음은 나일 것 같았다. 군홧발을 견뎠던 건 맞기도 전에 죽을 것 같은 공포 때문이었다. 셋, 다음은 나, 아니, 넷이다. 나는 빈 잇몸을 악물고 생각을 버리기 위해 노력한다. 움직이려는 손과 움직이지 않는 손 사이에서 자꾸 혀가 달싹거린다. 개나 돼지도 이렇게 다루지는 않을 거라고 청년은 말했다. 개나 돼지가 아니라면…… 잊어서는 안 된다. 두통이 점점 심해진다. 아니, 그건 내가 버린 옛날의 기억이다. 두통에 시달리는 건 지금의 내가 아니다. 나는 이제 그곳으로부터 먼 곳에 있다. 알은, 알은 어디 있을까.

그와 나의 거리를 확인하기 위해 손을 뻗는다. 눈앞의 가볍고 가파른 어깨가 한사코 닿지 않는다. 나는 물에 빠진 사람처럼 허우적거린다. 젖은 흙 속에 처박히던 그날처럼 마른 허공을 휘젓는다. 아무것도 없는 허공에서 흙이 떨어진다. 목구멍으로 흙이 넘어간다. 생각 따위는 하는 게 아니었다. 기운이나 희망이나 믿음 따위도 바라는 게 아니었다. 새 인생을 살겠다고 작정하는 게 아니었다. 빵 봉지처럼 거리를 굴러다니며 사는 게 내 일이었고 내 일이라는 걸 진작 알았어야 했다. 나는 몸부림을 친다. 침이 질질 흐르는 것도 모르고, 아랫도리가 젖어 오는 것도 모르고 한 팔을 뻗어 허공을 할퀴며 살려 달라고 빈다.

이러고 있으면 안 된다고 중얼거리던 청년은 결국 그날 밤 개에 물려 죽었다. 시체를 싼 거적을 들고 산으로 올라간 새벽에 조교는 우리에게 물었다. 사람답게 살고 싶으냐고. 어떤 대답을 했는지는 기억나지 않았다. 아무것도 기억나지 않는다. 다만 들고 간 시체와 함께 구덩이에 굴러떨어진 순간을 기억할 뿐이다. 너덜너덜한 시체에서 피 냄새가 끼쳤다. 전날까지만 해도 같이 뒹굴고 기고 구르던 이름도 알 수 없는 청년이 나무토막처럼 발에 차였다. 함께 던져진 사람들은 구덩이 속에서 똥을 지리며 울부짖었다. 반쯤 미친 사람도 있었다. 나도 똥을 지리며 잘못했다고 빌었다. 오다가다 만난 여자와 살림을 차린 것이나 새 삶을 살겠다고 그녀와 약속한 게 잘못이었다. 거리에서 만난 단속반이 신분증을 요구했을 때 도망치지 않은 것도 잘못이었다. 가장 큰 잘못은 충분히 대가를 치렀다고 생각한 과거가 내 손목에 수갑을 채울 거라고 생각하지 못한 것이었다.

전과가 있는 나는 근본부터 뜯어고쳐야 하는 사람이라고 했다. 조교의 그 말이 맞다고 생각하기 시작한 건 구덩이에 던져진 순간부터였다. 공포가 옛날을 지우고 감정과 생각과 사고를 지웠다. 막사에서 하나둘 사라지는 사람들에 나는 점점 무감각해졌다. 새사람이 되기 위해서는 과거를 버리고 감정도 버려야 한다고 했다. 그전까지 나는 아직 인간이 아닌 인간이었다.

돌아왔을 때 여자는 없었다. 슬프지 않았다. 슬픔을 느끼기에 나는 너무 무기력했다. 새사람이 됐지만 새로운 인생을 시작할 기력 같은 건 생기지 않았다. 오래된 일이다. 어우어어. 나는 말한다. 어어 어어어어 어으어으. 내가 버린 옛날이 해일처럼 되돌아와서 내 목소리에 도저히 귀 기울일 수가 없다. 나는 팔을 휘저으며 울부짖는다. 알이 고개를 든다. 먼 곳에서 더 먼 곳으로 가 버릴 것처럼 그가 슬금슬금 뒤로 물러앉는다. 왜 그러세요, 무섭게 왜……. 눈이 커지고 벌어진 입을 다물지 못하는 알을 본다. 흔들리는 눈빛으로 나를 바라보는 알의 얼굴은 내가 너무나 잘 아는 표정이다. 그건, ……공포다. 나는 누굴 두렵게 해서는 안 되는 사람이다. 선량한 시민이라면 절대 그런 짓을 해서는 안 된다. 나는 입을 다물고 알을 향해 뻗었던 손을 거둔다. 바닥의 책을 주워 들고 황급히 나가는 알의 기척을 듣는다. 제대로 된 인사조차 하지 않고 돌아선 알의 등에 밴 땀을 본다. 비극이야말로 인간을 순결하게 정화하는 이야기 형식이라고 생각해요. 딸들에게 버림받고 장님이 된 왕의 이야기를 읽던 날 알은 말했다. 그게 무슨 말인지 나는 모른다. 아마 죽을 때까지 그 말들의 뜻을 나는 알지 못할 것이다. 다만 이제 정말 아무것도 남지 않았다는 사실을 어렴풋하게 알 뿐이다. 문을 닫고 나간 알이 바쁘게 멀어지는 소리를 듣는다. 알은 미치거나 멍청한 게 아니라 그저 평범한 사람일 뿐이었다. 문이 열리며 시작된 이야기는 문이 닫히며 끝나는 법이다. 해가 진다.

*

변한 것은 없다. 이제 읽거나 듣는 사람이 없을 뿐이다. 가끔 이 방을 찾아오는 방문객들이 여전히 기운을 내고 희망을 갖고 믿음을 배우라고 하는 것도 한결같다. 나는 고개를 끄덕이며 그들이 내민 사탕과 휴지를 챙긴다. 그들이 돌아간 뒤에는 얼굴 없는 사자들이 찾아온다. 그들은 말하고 나는 듣는다. 가끔 내가 말하고 그들이 들을 때도 있다. 우리는 주로 세상에 없는 이야기를 한다. 잠이나 죽음 이후의 죽음 같은 것들이다. 나는 그들에게 어디에서 왔는지 묻지 않는다. 그들도 어디로 가는지 말해 준 적은 없다. 다만 내내 죽지 않은 그들을 볼

뿐이다. 그사이에 많은 단어를 알게 되었다. 그 단어로 나는 소리 없이 묻고 소리 없이 대답한다. 소리 없이도 말할 수 있다는 건 정말 신기한 일이다. 거미는 끝내 모습을 드러내지 않았고 거미줄도 더 이상 자라지 않았다. 버려진 집은 빠르게 허물어졌다. 먼지를 뒤집어쓴 거미줄은 이제 길게 늘어져 바람 없이도 혼자 흔들린다. 어제는 거미줄을 걷어 볼까 하고 억지로 몸을 일으켰다. 허물어진 절반이 그나마 움직이는 절반을 따라 일어서는 데에는 많은 시간이 걸렸지만 그럭저럭 나는 버티고 서 있었다. 오랜만에 보는 창밖 풍경이었다. 저녁이 지나고도 한참인 그 시간의 세상은 개천과 그 개천 너머로 보이는 낮은 집들과 강 건너의 높고 가파른 건물들로 환했다. 나는 한참을 서서 내가 모르는 먼 언덕 위의 불빛들을 지켜보았다. 반짝이는 것은 언제나 멀리서 보는 것이라던 알의 말을 떠올렸다. 그뿐이었다. 등 뒤에서 뭔가 다가오는 기척이 느껴졌지만 돌아보지 않았다. 보지 않아도 아는 그림자는 오래 내 뒤에 서 있었고 나는 얼마 남지 않은 시간을 어떻게 보낼까 궁리하며 오래 깨어 있었다.

창밖으로 소독차가 지나간다. 수증기 같은 소독약이 천천히 피어올라 방 안으로 스며든다. 20년 전이나 30년 전에도 한여름 오후면 소독차에서 뿜어낸 소독약이 이렇게 창을 넘어왔을 테고 어쩌면 100년 후 누군가도 이런 생각을 하며 책을 읽을지 모른다. 다만 아무도 모를 뿐이다. 가자. 그림자가 속삭인다. 나는 돌아눕는다. 긴 잠이 밀려온다.

남은 사람

누구의 것일까. 시린 무릎을 주무르던 나는 눈 앞의 손목시계를 바라보며 생각한다. 계산대 위에 놓인 이 시계는 분명 조금 전까지 없던 물건이다. 잠깐 한눈을 판 사이에 누군가 왔다 간 것일까. 아니, 그랬다면 내가 몰랐을 리 없다. 내가 한 일이라고는 담배 보루를 뜯어 진열대를 채우고 물을 한 모금 마신 것이 전부다. 침침한 눈을 비비며 한 평 남짓한 공간을 둘러본다. 전기 히터가 놓인 발치에는 음료 박스와 물, 담배 들이 쌓여 있고 냉장고 하나와 작은 온장고에 손바닥만 한 티브이가 전부인 이곳의 사물들은 오랫동안 그 자리가 제자리였다. 눈앞의 시계를 제외하면 아무것도 변한 것이 없다는 말이다. 만약 누군가 다급하게 무엇인가를 찾는다면 눈을 감고도 그것을 찾아 내어줄 수 있을 정도다. 진통제나 일회용 반창고나 소화제, 강장제 따위를 몰래 팔던 시절도 있었다. 그때로부터 얼마나 시간이 지났는지 헤아려 본 적은 없다. 분명한 건 이제 내가 이 거리에서 사라질 날이 얼마 남지 않았다는 사실뿐이다. 덕분에 횡단보도 건너편에 편의점이 들어설 거라는 소문이 떠돌 때도 놀라거나 걱정스러운 마음이 들지 않았다. 거리의 정류장 매점이 지나간 시대의 유물이 되리라는 걸 꽤 오래전부터 예감했으니까. 버스를 탄 사람만 내릴 곳을 알아야 하는 건 아니다. 내릴 곳이 가까워지고 있다. 버스가 다가오는지 발밑으로 희미한 진동이 지나간다.

나는 낯선 시계를 집어 든다. 낡은 가죽 줄의 그것은 생각보다 묵직하다. 눈을 가늘게 뜨고 시계를 자세히 들여다본다. 시곗바늘이 12에서 멈춰 있다. 꿀물이나 커피 따위를 넣어 둔 온장고 위에 걸린 시계에 의하면 지금은 분명 5시다. 점심 무렵을 지나고도 한참이니 아마 그게 맞는 시간일 거다. 너도 고장 난 물건이로구나. 나는 쯧쯧 혀를 차며 말을 걸듯 중얼거린다.

최근 들어 나는 나무나 풀에게 말을 거는 걸로도 모자라 죽은 생선에게도 말을 건다. 다음 생에는 네가 나를 먹으렴. 칼을 들고 도마 위에 올려놓은 고등어를 보며 그렇게 말한 적도 있다. 외로워서는 아니다. 언젠가부터 그것들에게도 한때의 감정이나 감각이 있을지 모른다는 생각을 한다. 살아 있지만 아무도 모르고 죽은 후에도 껍데기 곁을 떠도는 정념 같은 것들 말이다. 혼자가 된 이후로 종종 그런 생각으로 시간을 보낸다. 물론 풀과 나무와 죽은 생선은 그저 풀과 나무와 죽은 생선에 지나지 않을 수도 있지만 그렇게라도 하지 않으면 하루 종일 한 마디도 말할 곳이 없는 늙은이의 중얼거림일 뿐이라고 해 두자. 늙는다는 건 이래저래 허약해지는 것이니까. 거리를 도는 야쿠르트 여자가 내가 야쿠르트를 대 먹어야 하는 이유를 늘어놓다가 넌지시 속삭인 적이 있다. 그렇게 매일 등산만 할 게 아니라 이제는 벨을 눌러 줄 사람이 필요하다니까요. 돌려 말하기는 했지만 그 말은 내 죽음을 빠른 시일에 확인해 줄 사람을 구해 놓아야 한다는 말이었다. 나는 웃고 말았다. 내가 건강을 위해 등산을 하는 건 아니지만 한여름에도 장갑에 팔 토시까지 낀 그녀와 속 깊은 말을 나눌 사이도 아니었다. 그런 오지랖도 재능이지. 시계를 쥔 채 손바닥만 한 계산대 너머로 차오르는 저녁을 바라보며 나는 중얼거린다. 할 일 없이 한자리에 오래 앉아 있다 보면 별 시답잖은 말을 듣게 되거나 사소한 것들에 마음을 쓰기 마련이다.

어제는 캔 참치를 따서 매점 앞에 놓아두고 하루 종일 길고양이들을 기다렸다. 지난봄부터 이 근처를 돌아다니던 그 길고양이들에게 얼룩이나 덜룩이라는 이름을 붙여 준 건 이 매점 옆에서 구두 수선을 하던 늙은 이웃이 떠난 직후였다. 왜 고작 길고양이 따위를 이름까지 지어 부르며 기다리는 건가 생각해 본 적이 있다. 글쎄, 다 그 구둣방 늙은이 때문인 거 같다. 그가 어느 날 온다 간다는 말도 없이 사라지고 나서야 6년이나 우리가 이름은커녕 말도 한 번 섞지 않고 하루의 대부분을 함께 보낸 사이라는 사실을 깨달았다. 굳이 정을 붙일 것까지는 아니라도 바람이 불면 같이 떨고 미세 먼지도 함께 나눠 마시는 사이였는데 인사나 하고 가지. 온 것은 가고 간 것이 돌아오기를 기다리기에는 시간이 별로 남지 않았다는, 누구나 아는 사실을 알고 나니 더욱 그런 생각이 든다. 누구에게나 더 이상 어떤 것도 기대하지 않는 시간이 온다는 것도 안다. 더 이상 나는 계절이 바뀌는 것이나 꽃이 피는 것을 기다리지 않는다. 아무것도 바라지 않게 되는 시간. 죽음과 상관없이 삶은 거기서 멈춘다.

물론 그래도 시간은 간다. 다행스러운 일이다. 곧 이 겨울 거리의 어둠은 더 깊어질 테고 다시 언제 그랬냐는 듯 화사한 어느 아침이 올 것이다. 낮고 좁고 어두운 이 자리에 앉아 그런 일상의 시간이 오고 가는 것을 오랫동안 지켜보았다. 누군가 쪽창에 대고 담배나 음료수 따위를 찾는다면 말없이 내주고 돈을 받으며 말이다. 물론 아침마다 신문을 부리고 가는 배달원과 한두 마디 정도 나눈 적도 있지만 그것도 몇 해 전 얘기다. 이제 이 정류장 매점이 그렇듯 신문 가판대도 거의 사라지고 없다. 아무도 읽을거리에 시간을 낭비하지 않는 시절이다. 그게 내가 이 글을 쓰는 이유다.

열쇠가 자물쇠에 꽂힌 채 부러져 난감하던 며칠 전 아침에 나는 난생처음 글이라는 걸 써 보고 싶다는 생각이 들었다. 아무짝에도 쓸 곳이 없는 쇳덩어리가 되고 나서야 새삼스레 그것들의 기능을 떠올리고 보니 왠지 조급한 마음이 든 것이다. 쇳덩어리는 고백할 일도, 고백할 필요도 없지만 사람은 다르니까. 사람이라면……. 부러진 열쇠를 들고 서서 나도 모르게 중얼거렸다.

마지막은 마지막을 지나고서야 알게 된다고는 해도 사람이라면 그 마지막이 닥치기 전에 어떤 방식으로든 삶을 정리해야 한다는 생각을 한 거였다. 내가 생각하기에는 그게 고독사를 걱정하거나 그 예방책을 궁리하는 것보다 훨씬 더 사람다운 일이었다. 더불어 이 글을 읽을 사람이 아무도 없을 거라는 사실이 나를 편안하게 만드는 면도 없지 않다. 오래전에 알았던 사람들은 이미 내 인생에서 사라졌다. 바삐 멀어진 사람들은 잘 살고 있을까. 안부를 궁금하게 여기기에도 너무 많은 시간이 지났다. 어쩌면 그중 상당수가 이미 세상을 떠났을 거다. 물론 슬프지는 않다. 나도 곧 그 순간과 맞닥

뜨릴 테니까. 이 작은 공간에 화석처럼 앉았노라면 그걸 느낄 수 있다.

파리한 형광등 밑에서 성근 입김이 흘러간다. 나는 시계를 다시 본다. 자세히 들여다본, P사의 로고가 찍힌 이 시계는 분명 함부로 버리거나 줍기에는 꽤 고가의 물건으로 보인다. 곧 누군가가 쪽창으로 얼굴을 들이밀며 내게 시계의 행방을 물을 수 있을 만큼. 곤혹스러운 표정을 지어 보이며 실수로 흘린 것이라고 그가 말한다면 난 별말 없이 시계를 돌려주리라. 때로 실수가 새로운 이야기를 만들어 낸다는 걸 안다. 반복되는 실수가 결국 각각의 삶을 이끌고 인류는 매번 그런 식으로 발전해 왔다. 물론 내가 그런 거창한 문구를 떠올렸을 리는 없다. 그건 신문과 더불어 손바닥만 한 건강 잡지를 팔던 시절에 우연히 잡지 속에서 발견한 문구 중 일부였다.

> 어느 날 문득 잠에서 깬 당신은 이미 오래전부터 자신의 삶이 엉뚱한 궤도를 따라가고 있었다는 사실을 깨닫게 될 것이다. 그 모든 것이 사소한 우연에서

비롯된 일이라는 걸 뒤늦게 알고 잠깐 허탈하게 웃거나 흐르는 눈물을 황급히 닦는 순간과 언제든 마주칠 수 있다는 걸 알아야 한다. 그 순간에 우리가 스스로를 위해 할 수 있는 일은 영영 이전으로 돌아갈 수 없다는 사실을 받아들이는 것뿐이다.

어느 날 별 생각 없이 책을 넘기다가 이 문구를 발견했을 때 한동안 숨을 쉴 수가 없었다. 누군가 심장을 비틀어 짜는 것 같았다. 쪽창으로 지폐를 내밀며 물이나 담배를 달라는 목소리가 두서너 번 들렸지만 나는 팔을 뻗어 담배나 물을 꺼내는 대신 가슴을 문지르며 오래 숨을 몰아쉬기만 했다. 내가 지나온 많은 일들이 결국 사소한 우연에서 비롯되었을지도 모른다는 생각 때문인 듯했다. 불 꺼진 창문 밑에 쪼그리고 앉았다가 새소리에 겨우 일어서던 날이나 동네 어귀의 사진관에 걸린 사진 앞에서 주저앉던 오래전 한낮이 떠올라서 숨을 쉴 수가 없었다. 그때 은행에 가지 않았더라면. 나는 한참 만에야 그렇게 중얼거렸다. 그날 오전부터 시작된 오한을 빌미 삼아 조퇴라도 했더라면 어쩌면 지금쯤 나는 내가 한 번도 살아 보지 못한 얼굴로 살고 있을지도 모른다는 생각을 지울 수가 없었다.

햇빛에도 세상이 무너질 수 있다는 걸 알게 된 아주 오래전 어느 날 나는 죽었다. 물론 그 후로도 숨은 끊어지지 않아서 결국 이 거리에서 전단지처럼 낡아 가고 있었다. 허탈했다. 평생이라는 시간 끝에 매달린 것이 고작 한 번의 실수라니. 그럼에도 불구하고 변한 것도, 변할 것도 없었다. 그걸 잊지 말아야 했다.

그 페이지를 찢어 창문 옆에 붙여 둔 건 그래서였다. 햇빛과 바람과 공기에 천천히 휘발되는 그 글자들을 오래 바라보았다. 그리고 마침내 글씨조차 희미해진 그 종이를 천천히 씹어 먹은 날 처음으로 대중목욕탕에 갔다. 그날 나는 몸을 불려 때를 밀고 씻은 자리를 또 씻으며 거울을 한참 들여다보았다. 쪼그라들 대로 쪼그라든 내 몸과 얼굴은 내가 기억하던 나는 아니었지만 이상하게도 안심이 됐다. 누구나 겪어야 하는 일 같은 건 없을지 몰라도 아무도 시간을 피해 갈 수 없다는 걸 확인했으니까.

나는 그 시간을 거의 다 지났음을 깨달았다. 길고 긴 시간을 돌아 드디어 사람이 된 것 같았다.

하루 종일 황사가 거리를 쓸고 지나가던 어느 봄날의 일이었다.

나는 시계를 주머니에 아무렇게나 쑤셔 넣는다. 고작 시계 하나를 주웠을 뿐인데 삶이 슬펐다가 우스워지고 그 와중에도 수시로 배가 고프다. 하루 종일 저 혼자 떠드는 작은 티브이 속의 사람들도 끊임없이 뭔가를 먹는다. 채널에 따라 조금씩 다르지만 정말이지 요즘 방영되는 프로그램들은 서로 뭔가를 더 먹이기 위해 안달이 난 사람들투성이다. 티브이 속 그들이 시키는 대로 발치에 놓인 밥통에서 밥을 푸고 냉장고를 뒤져 몇 되지 않는 반찬들을 꺼낸다. 그건 마음이 아니라 몸이 시키는 일이다. 삶이 우습고 슬퍼도 밥이 넘어간다는 게 신기하게 여겨지던 시절을 지나고 나니 밥과 반찬을 씹거나 국물을 떠먹는 이 행위가 감정과 상관없는, 그저 몸이 삶을 연명하려는 기계적 행위에 불과하다는 걸 알게 된다. 한쪽 주머니 속 시계의 무게를 끊임없이 의식하면서도 습관처럼 밥을 씹는 건 그런 이유다. 왼쪽 발목이 내내 쑤신다. 아무래도 얼마 전 산행에서 발을 헛디디며 접질린 게 원인인 모양이다.

1년 전부터 산에 오르기 시작했다. 산 중턱에 조그마한 약수터가 있는, 유명한 산은 아니지만 그렇다고 동산이라고 하기에도 뭣한 제법 가파른 구간도 있는 산이었다. 특별한 동기가 있었던 건 아니다. 점점 새벽잠은 없어지고 일찍 깨어나도 방문을 두드려 깨우거나 밥을 먹일 식구가 없는 나로서는 그저 할 일이 없어서 시작한 일이었다.

약수터에는 내 또래로 보이는 사람들이 많았다. 알록달록한 등산복을 갖춰 입고 올라와 애꿎은 나무에 등을 통통 두들기거나 약수터 옆에 놓인 몇 개의 운동기구 위에서 몸을 이리저리 비틀다가 싸 온 커피를 나누어 마시는 사람들 속에 섞일 생각은 없었다. 나는 성분을 알 수 없는 약수를 한 바가지 들이켜고는 말없이 사람들이 주고받는 말을 들었다. 대개가 아파트 시세나 이웃의 은밀한 비밀, 혹은 자식과 며느리에 대한 험담으로 시작해서 건강과 관련된 주제로 끝나는 이야기들이었다. 그들은 정말 그 시간만큼은 한없이 서로에게 친절해서 근처의 정형외과나 동네 한의원에서 새로 들인 의료 기기 소식이나 의학 상식을 아는 사람끼리도 나누고 모르는 사람과도 나눴다. 그런 이야기들을 듣고 있노라면 병이란 병은 다 나을 것 같은 착각이 들기도 했다. 물론 나는 그들과 아무것도 나누지 않았다.

애초에 건강이나 친목을 목적으로 시작한 산행이 아니었다. 나는 그저 적당한 순간을 기다렸다. 어디서 죽거나 상관은 없지만 죽기로 작정하자면 산만큼 적당한 곳도 없다는 생각이 들었기 때문이다. 가끔 약수터 옆에서 산 정상 쪽으로 나 있는 돌계단을 우두커니 바라보기도 했다. 자칫 발을 잘못 내딛으면 목뼈가 부러질 수 있는 정도의 경사였다. 실제로 일주일 전 아침 밤새 내린 비에 젖은 낙엽을 잘못 밟아 다리를 접질렸다. 비틀거리는 나를 잡아 준 건 마침 산을 올라오던 반백의 남자였다. 그런 신발로 산에 오면 다쳐요. 그는 내 신발을 보며 혀를 찼다. 겨울 산은 함부로 올라오는 게 아니라오. 단단히 준비를 해야 해요. 친절한 듯했지만 일정한 거리를 유지하는 말투였다. 말을 마친 남자는 뒷짐을 진 채 한 번도 뒤돌아보지 않고 자신이 가던 쪽을 향해 걸어 올라갔다. 나는 한 발 한 발 조심스레 발을 내딛으며 조금 전 지나친 반백의 남자가 한 말을 되새겼다. 단단히 준비해야지. 그리고 조심하고, 또…… 조심해야지.

남성용 시계를 오랫동안 차고 다녔다. 줄이 낡아 실로 꿰매고도 한참 동안 풀지 않던 시계였다. 떠난 그가 남긴 것이었고 그를 떠올릴 유일한 사물이기도 했다. 왜 그가 떠났는지는 확실하지 않았다. 차라리 다행이었다. 기억은 조작되기 쉬워서 설령 내가 기억한다고 해도 그것이 진짜인지 아닌지를 나는 자신할 수 없다. 다만 오랫동안 시계의 초침을 세면서 밤의 정적을 확인하거나 낮의 침묵을 이해하려 애썼다는 사실만큼은 방금 전의 일처럼 분명하다.

나는 오랫동안 시계추처럼 흔들렸다. 다니던 회사를 그만두었고 읽던 책을 덮었으며 돌보던 화초들도 버렸다. 창문을 열어 환기를 하거나 깜박거리는 형광등을 가는 일도 하지 않았다. 반성할 오늘이 없었으므로 일기도 쓰지 않았다. 아마 키우던 개나 고양이가 있었다면 십중팔구 굶어 죽었거나 집을 나갔을 거다. 다행스럽게 내 곁에는 아무도 없었고 지금도 그 사실은 변함없다. 덕분에 나의 말할 수 없는 연인, 그와 헤어지는 순간부터 지금까지 나의 모든 감각과 실감은 오롯이 과거를 향할 수 있다. 그가 나를 버렸다는 사실만이 유일한 실감이던 그때를 지금도 똑똑히 기억할 정도다.

겨울이었고 느른한 햇빛이 창을 넘어오던 오후였다. 술이라도 받아 올까. 찬거리를 확인하는 내 뒤통수에 대고 그렇게 물은 그는 벽에 걸어 두었던 반코트와 목도리를 꼼꼼히 걸친 다음 현관에 주저앉아 구두의 끈을 단단히 조여 매고는 주머니에서 꺼낸 장갑을 차례차례 손가락에 끼워 넣으며 나를 바라보다가 바깥으로 나갔다. 그 바람에 훌쩍 한 타래의 바람이 집 안으로 들이쳐서 나는 가볍게 몸서리를 치며 그를 배웅했다. 그게 마지막이었다.

이상한 것은 지금도 그때 문가에 서 있던 내 치마 속으로 끼치던 서늘한 냉기는 선명한데 그의 목소리는 마치 꿈처럼 아득하다는 것이다. 잠깐 나를 바라보던 그가 뭔가를 말하려다 입을 다물고 돌아섰다는 걸 떠올린 것도 그때로부터 한참 뒤였다. 물론 나는 그가 하려던 말이 무엇이었는지 영영 알 수 없을 거다. 다만 그가 나간 뒤에 찾아온 느닷없는 적막과 그가 미처 챙기지 못한 손목시계의 초침 소리 같은 것들만 무섭도록 생생하게 남았다. 해가 지도록 돌아오지 않는 그를 기다리다가 잠이 들었고 다시 밤이 올 때까지 그를 기다리며 시간을 보냈다. 꺼내 놓은 오이와 호박과 부추 따위가 바닥에서 썩고 짓물러 끝내 고약한 얼룩이 된 것도 알아채지 못할 만큼의 시간이었다. 그동안 내가 한 일이라고는 시계를 귀에 대고 시간이 흘러가는 소리를 듣는 것뿐이었다. 끝없이 초침 소리를 셌다. 비가 오거나 눈이 내리거나 바람이 불거나 태풍에 유리창이 깨지는 일들은 더 이상 나와 상관없는 일들이었다. 그런 나날은 시계를 흔들어도 더 이상 아무 소리가 들리지 않을 때까지 계속되었다. 어느 날 멈춘 시계를 서랍에 넣고 창문을 열었을 때 눈이 내리고 있었다. 해가 몇 번이나 바뀌었는지도 잊고 나는 쌓인 눈만큼 깊어진 세상을 한참 바라보았다. 그사이의 일은 잊었다. 여전히 나에게 오늘은 그와 헤어진 다음 날이다.

목도리를 눈 밑까지 끌어 올린 소녀가 장갑을 낀 손으로 쪽창을 두드려 바나나 우유를 사 갈 때까지 나는 멍청히 앉아 시곗바늘이 멈춘 시간이 자정인지 정오인지 따위를 생각한다. 시큰거리는 어깨와 관절을 주무르며 말이다. 한자리를 오래 지키기 위해서 할 수 있는 일은 그런 것이 고작이다. 언젠가부터 마음이 자주 몸을 떠난다. 눈앞의 일은 가물가물해진 지 오래다. 그런 일에 굳이 내 나이를 헤아려 볼 필요는 없다. 언뜻 마주치는 얼굴들을 통해 매일 내가 더 이상 젊지 않음을 확인하는 것이면 족하다. 그사이에 사람들이 나를 부르는 호칭은 '아줌마'에서 '할머니'나 '저기요'로 바뀌었다. 나는 드디어 무성(無性)의 인간이 되었다. 전날을 기억하지 않아도 괜찮은 사람이 됐다는 말이다. 내가 지금 기억하는 것은 내 연인의 예민했던 눈매와 넓고 단단한 등뿐이다. 이제 삶에서 가장 마지막에 남는 것이 평화라는 걸 안다. 온전히 그 생각만 할 수 있게 된 나는 지금 한없이 평화롭다. 누군가 이 작은 가건물을 차는 소리가 들리기 전까지는 적어도 그랬다.

갑자기 벽을 뚫을 것처럼 요란한 소리가 가게 안에 울린다. 나는 반사적으로 몸을 움츠린다. 쪽창 너머를 바라보지만 아무도 없다. 누굴까. 겁이 난다. 가끔 이 가게의 홑벽을 발로 차고 지나가는 사람들이 있다. 대개는 술에 취해 버스를 기다리던 사람들이 화풀이 삼아 하는 발길질이었다. 그때마다 어떻게 대응해야 하는지를 매번 고민한다. 두 가지의 선택지가 있다. 잠잠해지기를 기다리거나 파출소의 순찰대를 부르거나. 후자가 빠르기는 하지만 그저 저러다 갈 길로 가기를 기다리는 쪽이 차라리 낫다는 생각을 하는 걸 보면 이제 나도 어지간히 늙은 모양이다.

이런 내 바람을 비웃기라도 하듯 발길질 소리는 점점 더 커진다. 이제 7시를 갓 넘긴 시간이다. 한밤이 되려면 아직 멀었는데 왜 그는 하필 내가 있는 이곳에 와서 행패를 부리는 것일까. 나는 몸을 바짝 낮춘 채 둔탁하게 이 가건물을 흔드는 그 소리가 잠잠해지기를 기다린다. '하필'이라는 단어를 중얼거리며 말이다.

하필이면 왜 나냐고 물었던 적이 있다. 그때가 언제였는지는 잊었다. 이유가 뭐였는지도 잘 떠오르지 않는다. 다만 내 물음에 그가 똑같이 되물었던 건 똑똑히 기억한다. 그도 왜 하필 자신이었냐고 나에게 물었다. 말 같지도 않은 질문이었다. 나는 그렇게 대답했다. 맞아. 그가 말했다. 100가지도 넘는 이유를 댈 수 있다는 건 아무 이유도 없다는 뜻이라고도 했다. 수긍할 수밖에 없는, 그다운 논리였다. 정말이지 나는 그의 말에는 어쩐 일인지 아무런 이의를 제기할 수가 없었다. 그날도 그랬다. 굳이 그의 말이 아니더라도 우연히 은행에서 만난 우리가 처음부터 서로에게 끌린 이유를 밤새도록 댈 수 있었고 그건 굳이 그의 말이 아니더라도 딱히 분명한 이유를 찾을 수 없는 것과 같았다. 같은 냄새가 나는 사람들은 서로를 한눈에 알아보거든. 그는 내 뒤에서 나를 안으며 속삭였다. 내 등에 느껴지는 그의 심장 박동은 크고 거칠었다. 지금 날 꼼짝없이 가두는 저 소리처럼.

나는 근처 지구대 번호를 휴대폰에 저장해 놓았는지를 가늠하며 작게 한숨을 쉰다. 내가 요청하면 그들은 느리게나마 사이렌을 울리며 이곳으로 와 줄 것이고 그다음 수순은 뻔하다. 즉석에서 훈방 조치되거나 파출소로 가서 사유서를 쓰고 보호자에게 인계되거나. 물론 그가 논리적인 사고를 할 수 있는 상태라면 말이다. 문밖의 남자가 발길질을 해 대는 데에는 수십 가지의 이유가 있을 것이고 그 이유들은 제각각 모두 충분히 납득 가능한 이유들일 것이지만 그건 내가 상관할 일이 아니다. 어쩌다가 술에 취한 그가 저지른 실수 따위도 오늘의 내 운세 정도로 돌려 버리면 그만이다. 중요한 것은 그다음이다. 떠난 아버지나 지금 문밖의 저 사람이나 모두 나에게 최소한의 사과와 용서는 하는 게 맞다. 사람이라면 당연히 해야 하는 것들이 있다. 나는 손에 쥔 휴대폰에서 근처 지구대의 전화번호를 더듬더듬 찾기 시작한다.

이제 이 세상에 없는 아버지는 습관적으로 발길질을 해 대는 사람이었다. 이유는 대개 사소했다. 광에서 튀어나온 쥐를 보고 반사적으로 내가 비명을 지르거나 밥이 질다 여겨질 때, 혹은 당신 말에 대꾸하는 내 대답이 만족스럽지 않을 때마다 그는 수시로 내게 발길질을 했다. 맞는 데서 느껴지는 고통보다 억울한 마음이 더 커지기 시작할 즈음부터 나는 수시로 그가 빨리 사라지기를 기도하다가 나라도 사라지게 해 달라고 신께 빌었다. 그때 내가 기댈 대상이라고는 한 번도 본 적이 없는 동서 양의 신들이 전부였다. 이런 말을 그에게 한 적은 없다. 우리는 우리 얘기를 하기에도 늘 시간이 모자랐다. 그는 항상 정해진 시간에 집으로 돌아가야 하는 사람이었고 그 시간은 늘 짐작보다 빨랐다. 물론 내 불안과 조급함을 내색할 수도 없었다. 아버지도 막지 못하는 내게 돌아가려는 그를 막을 힘 따위가 있을 리 없었다. 다정하면서도 항상 일정한 거리를 유지할 줄 아는 그에게는 나름의 원칙이 몇 가지 있었는데 휴일에는 만날 수 없다는 것과 전화는 자신만 할 수 있다는 것, 그리고 자신이 정한 귀가 시간을 존중해 달라는 것이 그것이었다.

나는 그 원칙을 지키기 위해 늘 애를 썼고 그럴수록 이상하게도 혼자였던 시절보다 더 외로워졌다. 몇 번이나 그의 집 창 밑에 앉아 밤을 새우거나 그의 집으로 전화를 걸었다가 황급히 끊은 건 아마도 그런 외로움 탓이었을 거다. 동시에 아버지가 죽기를 기도한 적이 있다는 것이나 몰래 그의 뒤를 밟아 집을 알아내고 그가 근무하는 은행 창구에서 비상연락망을 훔쳤다는 고백을 하는 게 내 숨통을 스스로 끊는 것과 다름없는 짓이라는 것도 알았다. 비밀과 외로움. 그때 내 아슬아슬한 균형의 원동력은 그런 것들이었다. 알코올성 치매 판정을 받고 자기 발로 기도원에 들어간 아버지의 병증이 생각보다 깊다는 사실을 교회 측에서 알려왔을 때 나는 비밀을 키우고 덜 외로워지는 쪽을 택했다. 아버지를 집으로 데려오는 대신 사설 요양원에 보내기로 결정한 이유였다. 아무에게도 들키지 않고 그와 좀 더 오래 있을 수 있다면 외로움과 비밀의 균형이 깨져도 상관없을 거 같았다. 물론 누군가가 그런 내 속내를 알았다면 손가락질을 하거나 침을 뱉었겠지만 충분히 감수할 수 있었다. 그는 세상에서 나를 사랑해 준 단 한 사람이었고 그건 나도 마찬가지였으니까.

날마다 내가 건넨 열쇠로 현관문을 열고 들어오던 그가 어느 날부터 발길을 끊고 나서도 그 믿음은 변함없었다. 사정이 허락되는 대로 그는, 돌아올 거야. 간소했던 동선을 더 최소한으로 줄이고 하루 종일 전화기 옆에서 시간을 보내며 나는 수천 수만 번쯤 그런 생각을 했다. 며칠 전 저녁까지 내 귀에 사랑을 속삭이던 사람이 한순간에 사라질 리는 없으니까. 아버지가 임종 직전이라는 연락이 왔을 때도 그 믿음은 변하지 않았다.

사지기 묶인 채 침대에 누운 아버지는 이미 죽은 나무처럼 까맣고 바짝 마른 상태였다. 여전히 할 말은 별로 없었다. 이제 그가 내게 발길질을 해 대거나 욕을 퍼붓지 못할 거라는 분명한 사실에 안도할 뿐이었다. 정말이지 나는 스스로가 생각하기에도 지나치다 싶을 정도로 담담했다. 애초부터 아무것도 없는 사이. 아버지와 나의 관계는 그게 다인 것 같았다. 그런 나를 향해 아버지는 무슨 말인가를 하기 위해 벌어지지 않는 입을 힘들게 벙긋거렸다.

"아무것도…… 아니다."

그가 가쁜 숨을 몰아쉬며 한 말은 그게 다였다. 몇 시간 뒤 의사의 선고대로 우리는 영영 이별했다. 돌아오는 버스 안에서 어느 라디오 프로의 청취자 사연을 들으며 눈물을 흘렸던 기억이 난다. 슬퍼서가 아니라 화가 나서였다. 대개 라디오에 등장하는 부모 자식 간의 사랑은 왜 늘 상투적인 수식어들로 요약되는지 알다가도 모를 일이다. 나는 그때 아버지의 주름진 얼굴이 평생 자식을 위해 희생을 거듭한 흔적이라는 사실을 깨달았다는 어느 청취자의 사연을 더 이상 들어 줄 수가 없어 버스에서 내렸다. 물론 그 후 내 아버지와 같은 부류의 사연도 들은 적이 있다. 그런 의미에서 아버지 또한 상투적인 부모 중 하나였다는 사실이 그즈음의 내 위안거리였다. 어떻게든 아무것에나 의미를 부여하지 않고는 살 수 없는 시절이었다. 다시 한자리에서 긴 시간을 견뎌야 하는 사람은 그렇게라도 시간을 낭비해야 했다. 사람이니까 가능한 일이었다.

지구대와 통화를 하려던 나는 어느 순간 사방이 잠잠해진 걸 깨닫는다. 시간이 얼마나 지났는지, 소리의 정체가 무엇이었는지 굳이 확인할 필요는 없다. 이쯤에서 끝난 것만으로도 충분하다. 어서 돌아가야겠다는 생각뿐이다. 나는 가슴을 쓸어내리며 겉옷을 대충 걸치고 가방을 챙겨 작은 출입문을 연다. 이제 창과 문에 자물쇠만 채우면 이 거리에서의 하루가 끝난다. 그런데 이상하게도 반 뼘쯤 열린 문이 둔중한 뭔가에 막힌 듯 더 이상 꿈쩍을 하지 않는다. 나는 문을 닫았다가 다시 연다. 몇 번의 시도 끝에 마침내 그가 여전히 문밖에 있음을 깨닫는다. 이 가건물을 발로 차던 그 알 수 없는 누군가가 문을 가로막고 있다. 한두 번의 발길질로 끝나는 대부분의 경우와 다르다는데 생각이 미친 나는 그가 시계의 주인인지도 모른다는 생각이 들기 시작한다. 그렇지 않고서야 이토록 오래 이곳을 떠나지 않을 이유가 없다. 나는 문을 밀며 큰 소리로 문밖에 있을 그에게 묻는다.

"혹시, ……시계를 찾으러 온 거요?"

아무런 대답이 없다. 내 목소리가 들리지 않는 것일까. 나는 재차 묻지만 여전히 반응이 없다. 시간이 간다. 몸이 떨리기 시작한다. 곧 한밤이 될 것이다. 마냥 이렇게 있을 수는 없다. 이 상황을 파악하기 위해서는 어떻게든 밖으로 나가야 한다. 나는 지구대에 전화를 건 다음 온몸의 무게를 실어 문을 밀친다. 거짓말처럼 문이 열린다. 마치 잡고 있던 줄을 놓아 버린 것처럼 나는 밖으로 넘어진다. 바닥에 나뒹구는 나를 바라보는 시선들을 느낀다. 물론 그런 걸 부끄러워할 시절은 지났다. 도대체 뭐가 문을 가로막고 있는 것일까. 아픈 곳을 확인할 겨를도 없이 주변을 돌아본다. 문 옆으로 검은 덩어리가 보인다. 몸을 기울인 채 머리를 가슴에 처박고 있는 웬 사내다. 가로수 옆에 질펀하게 쏟아낸 토사물과 벗겨진 신발 한 짝, 바닥에 내동댕이

쳐진 가방도 보인다. 짐작했던 대로다. 그는 술에 취해 자신의 행동에 아무것도 책임질 수 없는 사람이다. 아마도 다시 해가 뜨면 그는 이 저녁의 일을 아무것도 기억하지 못할 사람, 그래서 거리에서 다시 마주치더라도 한 번도 마주친 적이 없는 사람들처럼 나를 지나칠 거다. 그처럼 기억할 것이 없다는 건 다행스러운 일이다. 그와 내가 의미 없는 시간을 잠시 공유한 것에 지나지 않는다는 의미니까.

내가 두려운 건 그럼에도 불구하고 삶이 계속된다는 사실이다. 어떤 기억도 없이 오직 무(無)로 가득한 세월. 아무것도 아니라는 아버지의 마지막 말을 떠올린다. 아버지는 죽음이 아무것도 아니라고 말하고 싶었던 게 아니라 삶에 아무것도 없다는 말을 하고 싶었는지도 모른다. 너도 그렇게 될 거라고 말하며 킬킬거릴 아버지가 떠올라 가볍게 몸서리를 친다. 잔인한 양반. 나는 빈병처럼 바닥에 널브러져 그렇게 중얼거린다.

많은 시간 동안 문 앞에서 보이지 않는 너머의 세상을 상상했다. 그게 나를 지탱한 힘이었다. 너머의 세상을 상상하는 동안은 어떤 이야기든 꾸며

낼 수 있었다. 어떤 기약도, 확신도 없었지만 그 시간 동안은 아직 아무것도 끝난 게 아니라고 믿었다. 나의 말할 수 없는 연인은 언제나 젊고 자상했으며 너그러웠다. 나는 아직도 그와 걸었던 길들을 혼자 걸으며 아무 때나 옛날의 저녁을 떠올릴 수 있다. 골목과 동네와 사람들은 변했지만 설레던 어떤 날과 뜨거웠던 시간은 눈앞의 일처럼 생생하다. 그거면 충분하다. 비록 지나간 과거에 불과할지라도 내가 기억하는 과거가 내 현재를 지탱해서 나의 미래는 그것을 지키는 쪽으로 향할 것이다. 아무리 두려워도 그 결심이 변한 적은 없다.

어디선가 나타난 순찰차에서 순찰대원이 내려 나를 일으켜 세우고 남자를 흔들어 깨우기를 반복하는 지금 이 순간까지도 내내 그렇다. 이윽고 술에 취한 남자를 태운 순찰차가 멀어지고 바닥에는 신발 한 짝이 남았다. 나는 뒤집힌 신발 한 짝을 그가 앉았던 자리에 옮겨 놓는다. 그리고 버림받은 마음으로 흐느끼던* 수많은 날들을 지나 오래전 내가 버린 연인이 그랬던 것처럼 또 캄캄한 밤

* 허수경, 「몽골리안 텐트」.

이 지나가는 거리에 혼자 남았다.

그는 상처받은 표정으로 나에게 진심이냐고 두 번 물었다. 세 번이나 네 번일 수도 있다. 내가 기억하는 건 그가 물을 때마다 내가 망설이지 않고 고개를 끄덕였다는 사실이다. 그는 그 이유에 대해서는 묻지 않았다. 아마 그가 이유를 물었더라도 나는 대답하지 못했을 것이다. 한때 나는 젊고 무모했지만 내 사랑에 대해서는 한 치의 의심도 없었다. 아무리 생각해도 내 사랑을 완성할 수 있는 길은 그와 헤어지는 길뿐이었다. 그 사실에 대해 그에게 설명할 말을 찾을 수는 없었다. 밤마다 건너편 창을 훔쳐보는 사춘기 소년처럼 그가 부인과 잠든 방의 창밑을 서성거리거나 장난 전화를 가장해 그와 함께 사는 여자의 정숙한 목소리를 훔쳐 듣는 내 자신을 더 이상 견디기 힘들다는 말 또한 할 수 없었다.

그와 함께 3년을 보내는 동안 나는 내 연인이 자신의 이력 중 무엇도 버릴 생각이 없는 사람이라는 걸 알았다. 또한 자신이 뭔가를 선택해야 하는 순간이 온다면 사랑보다 명예나 일신의 평화를 택할 거라는 사실도 분명했다. 당신은 영리하고 착한 사람이야. 그는 자주 그렇게 말했다. 그건 굳이 영리하거나 착하지 않아도 눈치챌 수 있는 일이었지만 나는 웃기만 했다. 우리는 끝을 향해 가고 있었다. 그가 사는 동네에 갔다가 사진관에 걸린 그의 가족사진을 발견한 날 나는 그것을 분명히 깨달았다. 그는 말할 것도 없고 적당히 부른 배를 드러낸 아내와 그녀의 양 볼에 팬 볼우물을 그대로 나누어 가진 그의 자식들은 행복한 표정이었다. 그건 사진의 마법도, 사진사에 의해 조작된 연출도 아니었다. 결코 내 것이 될 수 없는 완벽함을 확인한 나는 바닥에 주저앉았다. 그와 함께 있을 때나 그가 곁에 없을 때나 늘 내가 두려워하던 순간을 목도한 거였다.

나는 버림받기 전에 버리는 쪽을 선택했다. 완전한 이별을 유예하기 위해서는 다른 방법이 없었다. 그가 영영 행복하기를 바라지는 않았다. 밤마다 그도 나처럼 어느 곳에도 정착하지 못하기를 기도했다. 진심이었던 연인들이라면 버린 쪽이나 버림받은 쪽이나 대가를 지불해야 했으므로 나 또한 오래 길 위에서 떠돌았다. 길 위에서 꾸던 꿈은 언제나 같았다. 나는 그의 몸 위에 걸터앉아 목을 조르며 핏발 선 그의 눈을 바라보곤 했다. 가끔은 그의 등 뒤에서 그를 허공으로 밀어 버리기도 했다. 낙엽처럼 바닥으로 가라앉는 그를 바라보는 내 모습에 놀라 잠에서 깨는 아침은 끔찍했다. 그건 악몽일 뿐이라고 수도 없이 스스로를 진정시켰다. 그건 내가 아니었다. 그러나 고백컨대 나는 늘 그가 빨리 죽기를 바랐다. 악몽에 불과했지만 한편으로는 그게 내가 평생과 맞바꾼 진심이기도 했다. 나는 그를 죽이고 싶을 만큼 사랑했다. 기척 없이 평생을 기다릴 수 있었던 것도 그 때문이었다.

집으로 돌아온 나는 주머니에서 시계를 꺼낸다. P사의 로고가 찍힌 시곗줄은 오래전에 낡아 실로 꿰맨 자국이 선명하다. 나의 연인이 헤어지며 두고 간 것과 같은 시계다. 이것이 오래전 그의 것이었던 시계일지도 모른다는 생각이 뒤늦게 들지만 누구의 것이든 이제 별로 중요하지 않다.

오늘 아침 내 오래된 연인이 죽었다. 사고였다. 잔설이 다시 얼어붙은 산길은 미끄러웠다. 그에게는 여전히 반드시 지켜야 하는 몇 개의 원칙이 있었고 매일 새벽 정해진 시간에 산행을 하는 것이 그 원칙 중 하나였다. 그는 여느 때와 마찬가지로 약수터에서 간단한 준비운동을 한 다음 뒷짐을 지고 산을 올랐다. 그보다 앞서 산에 오른 나는 그가 돌계단을 차근차근 밟으며 올라오는 것을 바라보았다. 그리고 있는 힘껏 두 손으로 문을 밀 듯, 나를 가둔 안에서 바깥으로 나가기 위해서는 그 길밖에 없는 사람의 심정으로 그를 밀었다. 팔을 휘젓던 그는 수백 개의 계단을 빠르게 굴러갔다. 말을 나누기는커녕 눈을 마주칠 틈도 없이. 그가 계단을 구르는 동안 몇 마리의 새가 숲에서 하늘로 날아올랐고 어디선가 솔방울이 떨어지는 소리가 들리기도 했다. 나는 한참을 서 있다가 천천히 계단을 내려왔다. 한 발 한 발 조심스럽게 발을 내딛으며. 계단 밑에서 누군가 내지르는 비명 소리가 들렸다. 내가 지르는 비명 같기도 했다.

나는 마디가 굽은 내 두 손을 오래 들여다본다. 죽음으로 완성되는 사랑을 생각한다. 악몽 같은 밤과 평화로운 낮이 공존하던 삶이 거의 끝나간다. 시계의 태엽을 힘주어 감는 나는 그걸 느낄 수 있다. 비밀과 외로움의 균형이 깨진 지는 오래됐다. 어떤 사랑은 끝이 난 후에 다시 새롭게 시작된다. 숨죽여 기다리던 세월을 지나 나는 다시 새롭게 그를 그리워한다. 눈과 얼음으로 뒤덮인 산길을 구르던 내 연인을 떠올린다. 그는 끝까지 아무것도 몰랐고 나는 끝내 어떤 기척도 내지 않았다. 시곗바늘이 다시 움직이기 시작한다.

3번 국도

까맣게 잊었던 과거가 낙석처럼 눈앞에 굴러떨어지는 날이 있다. 가랑비가 내리는 아침 일찍 잠에서 깬 남자는 창가에 앉아 그런 생각을 한다. 노래를 흥얼거리며 원고를 정리하다가 우연히 발견한 '오래된 실패'라는 제목의 칼럼을 읽는 중이다. 결국 지구에서 가장 완벽한 투수라 불렸던 플러스는 명예의 전당에 입성하는 데 실패하고 말았다. 실패의 결정적 원인은 1995년 네이션 시리즈 5차전 경기였다. 칼럼은 플러스의 근황과 더불어 바로 그 경기를 언급하는 것에서 시작한다.

그날의 경기가 얼마나 중요했는지에 대해서는 물론 두말할 필요도 없다. 그러나 단 한 명만은 그 사실조차 잊고 경기에 집중했어야 했다. 바로 플러스 본인이다. 결국 그는 그 경기로 인해 우아하고 완벽한 연착륙에 실패하고 말았다.

비교적 정확한 분석이다. 평소대로만 던졌더라면 그는 그날의 승리투수가 됐을 테고 그해 클라이버가 우승하는 데 결정적인 역할을 한 선수로 야구 역사에 기록되었으리라는 주장에 이견을 제시할 사람은 없을 것이다. 남자가 생각하기에도 아쉽기 짝이 없는 경기였다. 전성기 시절 나비처럼 유연하고 벌처럼 거침없었던 플러스의 투구는 정말이지 감탄이 나올 지경이었다. 그런데 그의 명예와 명성이 한 방에 날아가 버린 거다. 무엇도 돌이킬 수 없는 지경에 이르러서야 알게 되는 것들이 있다.

좋은데. 남자는 누가 듣고 있기라도 한 것처럼 중얼거린다. '시간성'과 같은 추상적 개념을 주제로 글을 쓸 때는 개성적인 해석과 적절한 예시가 뒷받침되어야 한다. 「오래된 실패」는 그런 의미에서 좋은 사례로 들 수 있는 글이다. 돌이킬 수 없는 순간을 평생 떠올리며 살아야 하는 본인으로서는 이래저래 비참하겠지만 말이다. 어쩔 수 없이 인생에는 수많은 가정법이 숨어 있다. 그랬더라면이나 그러지 않았더라면 같은. 생각이 거기에 미치자 남자는 우울해진다. 딱히 특별한 이유는 없다. 오히려 지금은 어느 때보다 편안하고 여유로운 시간이다. 15년 만에 받은 유급 휴가로 혼자 이곳에 온 건 나흘 전이다. 물론 아내와 동행하지 못한 것이 좀 아쉽기는 하지만 서로 일정을 맞추기가 어렵기도 했고 미뤄 두었던 원고 정리 작업에 집중할 시공간이 필요하기도 했다. 아직 시간은 넉넉하니까. 습관적으로 노트북을 켜며 남자는 생각한다.

습지에서 떠오르는 서늘한 풀 냄새가 방 안으로 흘러온다. 남자는 좀처럼 작업에 열중하지 못하고 멍하니 앉아 있다. 여유로워서 낯설기까지 한 풍경 탓일 거다. 나무를 쪼는 딱따구리 소리가 일정한 간격으로 숲과 공명하는 걸 들으며 남자는 턱을 괸 채 손가락으로 톡, 톡 테이블을 두드린다. 고백하자면 남자는 딱따구리가 만화에나 등장하는 새가 아니라 실재하는 새라는 걸 어제 처음 알았다. 그걸 알려 준 사람은 산책로에서 만난 노인이었다.

아내가 곁에 있었다면 아마 얼굴을 가리고 웃었을 거다. 돌아오며 아내에게 전화를 걸었던 건 그 때문이었다. 아내는 분명히 깔깔거리며 웃었을 거다. 그 웃음소리가 듣고 싶었다. 그러나 어쩐 일인지 아내는 전화를 받지 않았다. 오 여사가 바쁘시군. 남자는 쓴웃음을 지으며 생각했다.

목탁을 두드리듯 연달아 나무를 쪼아 대는 새소리를 들으며 남자는 다시 아내를 떠올린다. 같이 왔으면 좋았을 거라는 미련을 좀처럼 버리지 못하는 까닭은 여름을 지난 이 습지의 적요 때문일 거다. 지금이라도 휴가를 내고 오라고 할까. 남자는 망설이며 시간을 확인한다. 오전 9시다. 초등학교 교사인 아내가 이미 수업을 시작했을 시간이다. 굳이 그렇게까지 할 필요는 없을 텐데도 아내는 수업을 마칠 무렵까지 전화기를 꺼 두는 습관을 버리지 않는다. 남자는 휴가 계획을 털어놓던 날의 아내를 뒤늦게 떠올린다. 유급 휴가 계획에 들뜬 나머지 아내의 심기를 간과한 것이 마음에 걸린다.

직장에서 돌아온 아내는 그날 저녁 내내 별말이 없었다. 두통 때문이라고 했다. 남자는 잠시 할 말을 다음 날로 미룰까도 했지만 좋은 소식은 빠를수록 좋다고 생각했다. 자신도 믿기지 않을 만큼 굉장한 소식이었다. 아스피린을 삼키는 아내를 보며 남자는 조심스럽게 말을 꺼냈다.

"오늘 데스크가…… 나에게 이런 말을 하더군."

물컵을 내려놓으며 남자를 바라보는 아내는 백지장처럼 창백했다. 두통 탓도 있겠지만 검정색 카디건 때문에 더 그렇게 보이는 게 분명했다. 남자가 생각하기에 그녀는 화사한 색이 잘 어울리는 여자였다. 터키블루나 마젠타 같은 색은 아내를 정말 환하고 반짝거리게 했다. 남자가 종종 루비나 사파이어를 선물했던 것도 그런 이유에서였다. 그녀의 귓불이나 쇄골 사이에서 붉거나 푸른 보석이 반짝거리는 걸 볼 때마다 남자는 자기 내부에서 환한 감정이 북받치는 걸 느끼곤 했다. 당신은 행운아예요. 저런 아름다움은 흔치 않거든요. 그녀를 아는 주변 사람들은 그렇게 말했다. 확실히 그녀에게는 내부를 밝히는 아름다움 같은 게 있었다. 그런 건 단순한 치장으로 얻을 수 있는 게 아니었다. 그런데 어느 순간부터 아내는 변했다. 남자가 하는 말들을 듣는 둥 마는 둥 했다. 옷장을 열어 보면 온통 무채색 계열의 옷들 일색이었다. 그런 옷들을 고집하기 시작한 이후 그녀는 종교 단체의 간사나 엄격한 미망인처럼 보였다. 게다가 정말이지 눈에 띄게 야위어서 안색마저 까칠했다. 거기에는 불면증도 한몫하는 것 같았다. 남자가 그런 아내에게 해 줄 말은 별로 없었다. 우유를 데워 마시라거나 병원에 가 보라고 말하는 게 고작이었다. 뒤늦게 아내에게 유당불내증이 있다는 사실을 떠올렸지만 곧 다시 잊고 말았다. 휴가를 떠나기 직전까지 숨 쉬는 것도 잊어버릴 정도로 바빴기 때문이다. 새 시즌을 준비하는 각 팀의 전략을 예측하고 점검 기사를 쓰는 것만으로도 머리가 터질 지경이었다. 하루 이틀 사이의 일은 아니었다. 그건 아내도 잘 아는 사실이었다. 직업상 남자는 내내 예민했고 아내는 누구보다 남자를 이해하는 여자였다. 물론 남자가 생각하기에 그들이 함께 보낸 10년은 남자의 그런 상황을 이해하고 배려하기에 충분한 시간이었다.

여보, 뭔데요. 아내가 흘러내린 앞머리를 귀 뒤로 꽂으며 물었다. 크게 심호흡을 한 남자는 마침내 자신조차 믿기지 않았던 소식을 털어놓았다.

"한 달간 휴가를 가라는군. 물론 유급이야. 굉장하지 않아?"

아내는 별 동요 없이 남자를 응시하기만 했다. 마치 아직 아무 말도 듣지 못했거나 뭔가 더 들을 말을 기다리는 사람처럼. 남자는 맥이 빠졌다. 아내의 방학이 시작되기 전이라는 사실을 감안한다 해도 그런 반응은 예상 밖이었다. 오히려 잔을 두 손으로 움켜쥔 아내는 뭔가를 걱정하는 표정이었다. 그녀는 정말이지 진심으로 뭔가를 걱정했다.

그게 뭘까. 늘어지게 기지개를 편 다음 노트북을 열고 지도를 검색하는 남자는 실처럼 뒤얽힌 지도 속의 여러 길들을 눈으로 훑으며 중얼거린다. 일상이란 바퀴처럼 시간이 지나면 닳기 마련이라던 데스크의 말을 다시 떠올리기도 한다. 휴가 중 며칠은 아내와 함께 시간을 보내야겠다는 작정을 한 남자는 어디서부터 따라왔는지 알 수 없는 노래의 한 구절을 반복해서 흥얼거리며 지도에 표시된 국도들을 살핀다. 길에도 번호가 매겨져 있다는 사실이 새삼스럽지만 그 길들 중 남자가 아는 길은 거의 없다. 대학을 졸업한 이후 여행을 즐길 만큼 느긋한 시절이 거의 없었기 때문이다. 간혹 출장을 갈 때도 비행기나 고속도로를 이용하는 편이었다. 경기장이나 체육관은 주로 시의 외곽, 그러니까 공항이나 고속도로에서 가까운 곳에 있으므로 여러 가지 측면에 그쪽이 더 효율적이었다. 그 여러 개의 낯선 길들 중 3번 국도를 손가락으로 더듬기 시작한 건 단순한 이유다. 3은 조화로운 숫자이면서 여러 상황을 바꿀 수 있는 힘을 가진, 시작을 의미하는 숫자이기도 하단다. 처음 남자에게 숫자를 가르치던 남자의 할아버지는 그렇게 말했다. 딱히 그 말을 믿는 건 아니지만 남자는 삼이라고 중얼거려 본다. 생각이 놓친 실타래처럼 마음대로 굴러간다. 자연스럽게 자신에게 익숙한 '3번'들로 옮겨 가는 것이다. 베이브의 등 번호가 3번이었지. 테리도…… 그랬을 거야, 아마. 그들의 등 번호였던 3은 각각의 구단에서 영구 결번된 숫자들이다. 그래, 그런 게 있지. 이제 더 이상 아무도 가질 수 없는 번호들. 그 번호의 주인들. 온 세상을 환호하게 했던 사람들. 영영 볼 수 없고, 말할 수 없는…… 이름들. ……이제는 재만 남은…….

누군가 심장을 잡았다 놓은 것 같다고 느낀 순

간 물 한 방울이 손등 위로 떨어진다. 그리고 다시 한 방울이 그 위에 겹쳐진다. 비가 들이치는 것일까. 남자는 반사적으로 고개를 들어 창밖에서 날리는 새털 같은 빗방울을 확인한다. 물론 비의 종류와 상관없이 어떻게든 아무 데나 물방울이 튈 수 있는 날씨다. 젖은 새소리를 들으며 물안개에 젖어 가라앉은 들판과 조그만 지붕들이 모여 앉은 먼 동네를 넋 놓고 보던 남자는 갑자기 가슴께를 문지르며 고개를 떨어뜨린다. 하나, ……둘. 다시 물방울이 무릎 위에 떨어진다. 남자는 자신의 회색 트레이닝복에서 번져 가는 그 자국을 믿을 수 없다는 듯 바라보다가 손을 들어 뺨을 더듬는다. 축축하다. 손등과 허벅지에 떨어진 건 다름 아닌 자신이 흘린 눈물방울인 거다.

남자는 물기로 서늘해진 손가락을 바지에 아무렇게나 문지르며 생각에 잠긴다. 심장의 문제가 아닌가 더럭 겁을 내는 자신이 어이없어 쓴웃음을 짓기도 한다. 정기검진을 받은 건 지난달이었고 그 검사 결과를 확인한 건 이번 달 초였다. 수치로 표시된 남자의 건강은 완벽했다. 심장에서는 어떤 이상 징후도 발견되지 않았다. 혈압과 콜레스테롤,

간 치수는 물론이거니와 골밀도조차 또래보다 월등했다. 생각이 거기에 미친 남자는 두 손바닥으로 양 볼을 세게 두드린 다음 화장실로 향한다. 찬물로 세수를 하고, 코를 풀고, 마른 수건으로 지그시 눈을 압박하며 한동안 서 있다가 남자가 내린 결론은 호르몬 계통의 이상일 가능성에 대한 것이다. 갱년기가 오기에는 이른 나이지만 어쨌거나 몸이 보내는 일종의 신호가 분명하다. 그게 아니고서는…… 달리 이유가 없잖아. 남자는 문을 열며 작게 중얼거린다.

"요즘 어때요? 야구 얘기도 좋고…… 아무거나 말이에요. 제가 알아야 할 일 같은 게 있을까요?"

소파에 멍하니 앉아 있던 아내는 어느 날 저녁 물었다. 알아야 할 일이라니. 남자가 기억하기에 아내는 한 번도 그런 식의 질문을 한 적이 없었다. 사실 남자는 아내에게 자기 업무에 대해 많은 말을 하는 편은 아니었다. 바쁘기도 했고 굳이 다시 떠올릴 만큼 즐거운 일도 없는, 그야말로 남들과 다를 것 없는 일상이기도 했거니와 무엇보다도 아내가 야구를 포함한 모든 스포츠에 통 관심이 없기 때문이었다. 그런 아내가 그의 '일'을 물어보다니. 남자는 그날 자신의 일과 중 아내가 '알아야 할 일'이 있었는지 떠올려 본다.

좀처럼 마시지 않는 에스프레소를 마신 걸 제외하고는 그날도 다른 날과 전혀 다를 것이 없는 하루였다. 오후 마감 회의를 끝내고 커피 잔을 든 채 휴게실 창밖의 거리를 내려다보던 것도 다른 날과 같았다. 검거나 푸른 우산들이 제각각의 방향으로 부딪치고 엉키는 사이에서 작고 노란 우산을 발견했을 때 잠깐 숨을 몰아쉬었던 게 특별한 일이었나. 남자는 잠시 펭귄이 그려진 그 우산을 떠올린다. 그건 펭귄이 아니라 요즘 유아들 사이에서 유행하는 캐릭터라고 했다. 누군가 그렇게 일러 준 적이 있는 것 같았다. 그사이에도 작고 노란 우산은 뒤뚱거리며 남자의 시야에서 점점 멀어졌다. 별것 아닌 풍경이었지만 남자는 그때 자리에서 벌떡 일어섰다. 웬일인지 그 우산이 시야에서 멀어져 간다는 사실이 견딜 수 없었다. 두렵고 슬퍼서 남자는 휘청거렸다. 곁에 있던 후배가 붙잡지 않았더라면 아마 주저앉고 말았을 정도였다. 어디가 불편하십니까? 후배가 그렇게 물었을 때 남자는 갑자기

웃음을 터트렸다. 자신의 행동에 대해 설명할 말이 떠오르지 않았다. 사실은 스스로도 왜 그러는지 몰랐다. 아마 에스프레소 때문일 거라 추측할 따름이었다. 카페인이 신경계를 자극해 신경과민이나 흥분을 유발한다는 사실은 누구나 다 아는 사실이었으니까. 에스프레소 따위를 먹는 게 아니었다. 그냥 감상에 젖었을 뿐이야. 정말 괜찮냐고 묻는 후배에게 남자는 말했다. 그게 온전한 이유는 아니었지만 그렇다고 완전히 거짓도 아닌, 적당한 사실이었다. 그건 굳이 아내에게 말할 필요는 없는 별일 아닌 일이기도 했다.

"전혀."

그 대답에도 아내는 한참 동안 남자를 살피다가 이내 고개를 돌렸다. 이상했다. 아무것도 하지 않고 멍하니 앉은 그날 저녁의 아내는 생면부지인 사람처럼 멀고 낯설었다. 이렇게 먼 곳에 와서야 그런 일을 떠올리다니. 남자는 지도를 더듬으며 아내가 곁에 있기라도 한 것처럼 소리 내어 말한다.

"역시 호르몬 문제인 걸까."

어쩌면 이제 자신이 바라던 많은 것들로부터 너무 멀리 와 버렸을지도 모른다는 생각이 든다. 이를테면 비치발리볼이며 스쿠버다이빙 같은 것들. 처음 데스크가 유급 휴가 얘기를 꺼냈을 때 가장 먼저 떠올린 게 그런 것들이었다. 왜 하필 비치발리볼과 스쿠버다이빙인지는 깊이 생각해 보지 않았다. 그저 막연하게 회사로부터 가장 먼 곳으로 가고 싶다는 무의식이 만들어 낸 상투적인 발상일 거였다. 그만큼 남자는 업무에 지친 상태였다. 지난 몇 년 내내 주말마다 야구장이나 축구장을 전전하며 경기를 봐야 했고 먼 대륙에서 중요한 경기들이 열릴 때면 밤을 새우기 일쑤였다. 그게 남자의 일이었다. 매주 두 개 이상의 칼럼을 썼고 경기 분석과 예측 기사를 써야 했으며 관련 방송사에서 기획한 프로그램 회의에 참석하는 일 외에도 월드컵과 올림픽이 개최되는 해에, 그러니까 2년에 한 번씩 해외로 장기 출장을 가는 일은 정말 쉬운 일이 아니었다. 그 일들의 맨 마지막에는 다시 기사를 쓰는 일이 남아 있었다. 덕분에 남자는 자주 잠깐씩 잤고 내내 깨어 기사에 대해 생각했다. '무엇을' 써야 하는지가 정해진 상태에서 중요한 건 '어떻게' 쓸 것인가에 관한 문제였다. 그 문제는 남자의 밤과 낮을 뒤바꾸고 주중과 주말을 엉망으로 만들었다. 경험이 쌓이며 노련해지기는 했지만 마음대로 바꾸거나 조정할 수 있는 일은 아니었으므로 도리가 없었다. 그런 일에서 한 달 동안 벗어나게 된 것이다. 게다가 유급 휴가라니. 네이션 시리즈 마지막 경기의 마지막 타석에서 터진 만루 홈런만큼이나 굉장한 일이었다. 하지만 대개의 일이 그렇듯 막상 닥친 현실은 생각만큼 근사하지 않다. 휴가가 시작된 이후 남자는 어쩐지 내내 알 수 없는 무력감에서 헤어나지 못하는 상태다. 작정하고 싸 들고 온 원고에는 손도 대지 못한 채 습지의 산책로를 걷거나 산책로의 벤치에 앉아 새소리를 듣다가 돌아와 잠드는 게 고작이었다. 그럴 만도 해. 15년은 너무 긴 시간이었으니까. 그렇게 자신을 위로하며 지난 사흘을 보냈다. 자신의 현재 상황을 알면 아내는 어떤 표정을 지을까. 문득 남자는 그런 사소한 것이 궁금하다. 고백하자면, 아내가 빈말로라도 같이 가고 싶다고 말하기를 바라는 마음이 없지 않았다.

"여보, ……이게 정말 당신이 원하는 일이에요?"

떠나기 전날 아내는 남자의 팔목에 손을 얹으며 물었다. 물론 신중하고 사려 깊은 아내 같은 사람이라면 충분히 예상 가능한 반응이었다. 그녀는 정말 그런 말을 즐겨 썼다. 결코 낯을 붉히거나 소리를 지르는 법 없이 언제나 그렇게 묻기만 했다. 남자는 관자놀이를 두드리며 미간을 찌푸린다. 아내가 그 말을 하게 된 원인들이 뭐였는지 기억나지 않는다. 최근 들어 남자는 자주 그런 것들을 잊어버린다.

빗발이 굵어지는가 싶더니 먼 곳에서 하늘이 운다. 상처 입은 들짐승의 울음 같은 그 소리에 남자는 귀 기울이며 올겨울도 춥고 길겠다는 생각을 하다가 마음에도 없는 지구온난화에 대한 걱정으로 흘러간다. 어느 여름 유럽 전역을 휩쓴 추위와 물난리를 다룬 기사들을 잠깐 떠올리기도 한다. 물론 그 추위는 지구 반대편에서 일어났던 몹시 추상적인 뉴스에 지나지 않았다. 갑작스러운 폭한으로 수많은 가축을 잃은 목축업자의 인터뷰와 다수의 노숙자들이 동사했다는 뉴스를 접한 게 작년인지 올해인지를 생각하던 남자는 작년과 올해의 일기와 일상과 일과 들이 자신의 기억 속에서 뒤죽박죽 섞여 있다는 사실을 깨닫는다. 작년은, 작년에는 분명…… 월드컵 때문에 브라질에 갔었지. 그리고 돌아와 가을 시즌 프로야구 분석 기사를 썼었고…… 광주로 출장을…… 아니, 그건 재작년이었나……. 기억을 정리하기 위해 한동안 애쓰던 남자는 한숨을 내쉬며 포털 검색창에 자신의 이름을 써넣는다. 기사를 검색해 그즈음의 근황들을 분명하게 정리해 보려는 거다. 새삼스럽게 네트워크의 발달이 인간의 기억을 점점 퇴화시키는 주범이라던 누군가의 말을 떠올리며 부상으로 시작도 하지 못하고 시즌을 마무리한 선수에 대한 기사와 만년 꼴찌였던 팀의 선전과 여러 악재가 겹친 프로 팀의 향방 관련 기사들을 차례차례 훑던 남자는 고개를 갸우뚱 기울인다. 뭔가 이상하다. 3년 전부터 매달 한 편씩 쓰던 자신의 연재 기사가 작년 가을부터 보이지 않는다는 사실을 발견했기 때문이다. 비단 그 연재뿐만이 아니라 기록대로라면 그즈음부터 남자는 네트워크상에서 사라진 인물이다. 어떻게 이럴 수가 있지? 남자는 누가 곁에 있기라도 한 것처럼 소리친다. 분명 뭔가 착오가 생긴 거다. 남자가 기억하기에 자신은 늘 성실히 경기를 관람하고, 읽고, 생각하고, 쓰기를 반복했다. 10년이 넘도록 반복해 온 그 일을 작년이라고 그냥 지나쳤을 리 없다. 얼마 전 넘긴 MLB 경기 분석 원고를 떠올리며 남자는 직속 후배에게 전화를 건다. 자신의 갑작스러운 휴가로 업무를 대신 떠안았을 그에게 미안한 마음이 없지 않지만 이 시스템 오류는 분명 확인할 필요가 있는 사안이다.

"맡겨 두고 그냥 좀 쉬세요."

오랜만의 통화에도 후배는 무심하다.

"이건 큰일이라고. 지역 신문사도 아니고…… 민원이 여태 없었을 리가 없는데."

"선배님."

불러 놓고도 한동안 말이 없던 후배의 긴 한숨 소리가 전해 온다. 그 한숨 소리 뒤로 들리는 소음들에 남자는 불현듯 익숙한 일상들이 밀려오는 것을 느낀다. 너무 멀리 온 건 아닐까. 남자는 생각한다. 잠시 사이를 두고 후배가 타이르듯 말한다.

"그냥…… 좀 쉬세요. 여기 일은 여기서 알아서 할 테니까요. 저 오전 회의 들어가야 해요."

바라던 명쾌한 대답은 아니지만 도리가 없다. 남자는 서둘러 상투적인 마무리 인사로 통화를 마친다. 그러고도 전화기를 든 채로 한참을 멍하니 앉아 있다. 뭔가 잘못됐다는 생각을 지울 수가 없는 거다. '에이 씨, 한두 번도…….' 통화를 마치고 종료 버튼을 누르려는 순간 후배는 분명 그렇게 중얼거렸다. 물론 혼잣말로는 나라를 팔아먹을 수도 있겠지만 후배 녀석이 한 번도 이런 식으로 자신을 대한 적이 없는 것도 사실이다. 게다가 듣지 않아도 뻔한 뒷말까지 종합해 보면, 자신이 이런 말—혹은 행동까지—을 한 게 이번이 처음은 아니라는 추론이 가능하다. 그럴 리가 없다. 남자는 머리를 흔든다. 아무리 기억이 두서없다고 해도 한 일과 하지 않은 일을 혼동할 만큼 정신이 없다는 것은 말도 안 된다. 후배는 그저 업무의 피로도가 높은 상태일 거고 남자는 기억력 감퇴로 잠시 혼란스러울 뿐이다. 동시에 남자는 하기로 작정한 일, 원고를 정리하거나 미뤄 두었던 경기 디브이디를 본다든가 마음껏 쉬는 것과 같은 일을 위해서라도 자신의 기억을 정리할 시간이 필요하다고 생각한다. 끊임없이 기억을 반추하며 연도와 계절과 상황을 정리하는 자신의 집요함이 정말 마음에 들지 않지만 도리가 없다. 그 결과 온갖 소음과 잡담과 자질구레한 순간들, 이를테면 오늘 아침 식당에서 흘러나온 노래의 한 소절이라든가 먼 들판에서 피어오르던 한 가닥의 굵은 연기 같은 것들이 분간 없이 머릿속에서 뒤엉킨다.

새는 떨어지고
수로는 캄캄해
지나간 아이가 보이지 않네
작은 새가 영영 보이지 않네

남자는 오전 내내 중얼거리는 노래의 가사를 비로소 제대로 떠올린다. 식당에서 들은 노래였나. 미간을 찌푸리며 남자가 중얼거린다. 날씨 탓이다. 눅눅했던 빵이나 싱겁기 그지없었던 과일이 비 탓이었던 것과 마찬가지로 괜한 감상에 젖어 창밖을 바라보며 목이 메었던 것도, 축축하고 끈적거리는 노래들이 연달아 들려왔던 것도 — 아마 누군지 모를 식당 관계자가 즐겨 듣는 라디오 채널이 분명한 — 모두 어제 오후부터 내내 그치지 않는 비 탓일 거다. 점점 굵어지는 빗방울을 바라보며 남자는 우두커니 앉아 있다. 온 길이나 갈 길이 생각나지 않는 사람처럼.

정말이지 아무리 집중을 해도 머릿속이 오래된 털실 뭉치처럼 엉망으로 엉켜 어떤 의욕도 생기지 않는다. 창밖의 고요와 실내의 적막이 불편해지기까지 하는 이유를 남자는 도무지 알 수 없다. 오늘 아침만 해도 식당에서 아무 맛도 느껴지지 않는 토마토를 씹으며 창밖을 바라보았을 뿐이다. 모든 것이 젖고, 시들어서 곧 사라질 계절이었다. 젖은 한 때의 잎들이 바람이 부는 대로 뿌연 허공에 솟아올랐다가 이내 땅으로 쏟아지기를 반복하는 그 풍경이 도저히 이 세상의 일 같지 않았다. 지나치게 사소하고, 아름다웠다. 아름답다니. 목이 메어 도저히 토마토를 삼킬 수 없던 남자는 당황했다. 아름다워서 목이 메는 일은 난생처음이었다. 꿈같았다. 꿈만 같다던 누군가의 목소리가 떠올랐다. 사소해서 그게 뭔지도 모르고 지나온 일들.

그래, ……아마 이맘때였어. 남자는 자신도 모르게 중얼거린다. 분명 자신들의 기념일에 맞춰 부모와 함께 여행을 떠난 적이 있다. 빙하기 시대부터 융기와 침식을 반복했던 숲과 호수 너머로 만년설이 시야에 들어오던 순간 누군가 남자의 귓가에 속삭였다. 이게 꿈은 아니죠? 기름진 산맥이 일렁거리던 그 호숫가에서, 혹은 지평선을 가린 구름 속으로 달려가는 길 위에서 몇 번이나 남자는 그 말을 들었다. 정말 나무랄 게 없는 여행이었어. 남자는 손가락을 꼽으며 중얼거린다. 그들이 결혼기념일을 맞아 여행을 떠났던 해를 가늠하는 거다.

아내를 처음 만난 건 국토를 수직으로 가르는 특급열차 안에서였다. 가을이 되도록 연일 전력 사용량이 최고치를 기록하던, 유래 없는 더위로 온 나라가 몸살을 앓던 해였다. 그러나 쾌적한 실내에서 바라보는 창밖의 세상은 눈부시기만 했다. 유력한 언론사에 당당히 합격했다는 사실이 남자에게 긍지와 자신감을 준 거였다. 이따금 바라보는 창밖은 온통 출렁거리는, 사실은 노랗게 타들어 가는 금빛 밀밭이었다. 남자는 수첩에 단상들을 메모하거나 낡은 야구공을 만지작거리며 자기 앞에 펼쳐진 미래도 내내 그 밀밭의 빛깔처럼 눈부시고 명예롭기를 바랐다. 얘야, 언제나 이 세상을 재밌게 만드는 건 파울볼과 같은 존재들이란다. 그 공을 선물하며 할아버지는 말했다. 남자가 생각하기에 그건 삶을 깊이 통찰한 자만이 할 수 있는 말이었다.

남자는 잠시 감상에 젖었다. 두고 온 가족과 익숙한 집과 거리들을 생각했다. 언제든 돌아갈 수 있는 곳이지만 이제 다시는 그 시간 — 마당의 유자나무 두 그루와 자전거를 세워 둔 뒷마당, 식기에 부딪치는 은수저 소리와 아버지의 경건한 기도로 시작되던 식사 시간들, 바람 소리에 맞춰 삐걱거리는 창, 창들. 또는 노을이 쏟아지면 붉게 변하던 잘 닦인 마룻바닥이나 달빛에 흔들리던 유자나무의 검은 잎사귀들이 있는 — 으로 돌아갈 길은 없었다. 분명하지는 않지만 하나의 세계가 완벽하게 끝났다는 사실을 깨달았다. 남자는 흔들렸다. 알 수 없는 미래에 대한 흥분과 불안과 과거에 대한 향수가 동시에 밀려왔다. 누군가 어깨에 손을 얹으면 왈칵 눈물이 쏟아질 것 같기도 했다.

비어 있던 남자의 옆자리에 누군가 다가온 건 그때였다. 푸른색 원피스에 머리카락을 한데 모아 정수리에 말아 올린 여자였다. 드러난 여자의 긴 목선이 퍽 우아해 보였다. 가을이라는 게 믿어지지 않는 날씨네요. 자리에 앉자마자 손수건으로 이마를 톡톡 찍어 내며 여자가 말했다. 다른 손에는 물방울이 맺힌 레모네이드 캔 음료를 든 채였다. 여자에게서 레몬 향이 풍겼다. 운이 좋은 날이기도 하죠. 그런 말을 하려던 건 아니었지만 남자는 자신도 모르게 말했다. 여자가 방긋 웃었다. 악수를 청해도 될까요. 남자는 정중하게 물었다. 뭔가 강력한 힘이 남자로 하여금 그렇게 행동하도록 만들었다. 잠시 망설이던 여자는 들고 있던 캔을 다른 손으로 바꿔 쥐고 남자가 내민 손을 잡았다. 믿을 수 없이 서늘하고 작고 보드라운 손이었다.

창밖을 지나가는 밀밭과 숲과 도시와 강이 어스름한 저녁으로 기우는 것도 잊고 남자는 그녀에게 빠져들었다. 그들은 자신들이 아는 세상의 모든 문학과 음악과 그 밖의 것에 관해 끝없이 얘기했다. 그들은 공통점이 많았다. 비슷한 정치 성향을 가졌을 뿐만 아니라 예술에 대한 취향도 비슷했다. 최근 근대 미술 특별전과 록우드 페스티벌 같은 특정한 장소에서 서로 마주쳤을 수도 있다는 사실을 확인했을 때 남자는 하마터면 여자의 우아한 목덜미에 입을 맞출 뻔했다. 그건 단순히 육체적인 욕망이라기보다 아름다움을 향한 숭배의 감정에 가까웠다. 기차는 점점 종착역에 가까워지고 있었다. 남자는 침울해졌다. 가슴에 구멍이 난 것처럼 허전하고 아쉬웠다. 그들은 서로의 손바닥에 연락처를 적었다. 이름이 뭐예요? 남자가 손바닥을 들여다보며 물었다. 맙소사, 우린 여태 서로의 이름도 몰랐네요. 여자는 놀랍다는 듯이 웃었다. 정말이지 누군가에게 반한다는 것은 놀라운 경험이었다. 한눈에 반한다는 말을 믿은 적은 없었지만 그날 그들은 서로에게 한눈에 반했다. 전화할게요. 그렇게 작별 인사를 나누고 헤어졌다. 그리고 그들은 결혼에 성공했다. 서로의 손바닥에 이름과 전화번호를 적었던 그날로부터 4년 뒤의 일이었다. 행복했다. 정신없이 바쁘고 힘든 나날이 대부분이었지만 적어도 남자는 내내, 그랬다. 마침내 행복이 뭔지도 모를 정도로 바쁜 세월이었지만 여전히 남자는 행복하다고 믿는다. 행복은 언제나 믿음에서 시작하는 거니까 말이다.

충동적으로 남자는 어머니에게 전화를 건다. 안부가 궁금하기도 했지만 무엇보다 어머니라면 자신의 토막 난 기억을 분명하게 이어 줄 수 있을 거라 생각해서다. 노인들은 대부분 오래된 것일수록 새 것처럼 기억하는 법이니까.

"……그 여행은 결국 가지 못했잖니. 그건 정말 내 생애 가장 끔찍한 토네이도였단다."

남자를 달래듯 어머니의 말투는 나지막하고 흐릿하다. 가지 못했다니. 남자는 믿을 수 없다. 그럼 자신이 기억하는 그 흙의 질감과 대기를 가득 메운 숲의 향기와 자신의 어깨에 머리를 기대고 마냥 행복해하던 아내나 팔짱을 끼고 앞서 걸어가던 부모의 뒷모습은 도대체 뭐란 말인가. 이명처럼 머릿속을 맴도는 목소리와 주변을 떠돌던 웃음소리는 분명히 상상만으로 재현되기 어려운 실감의 세계였다. 그럴 리가 없다. 어머니는 남자의 침묵이 걱정스러워 견딜 수 없다는 듯 물은 것을 또 묻는다.

"세상에, 얘야. 또, 무슨 일이 있는 거니?"

세상 모든 어머니들은 늘 이런 식이라는 사실을 아는 남자는 자신이 얼마나 잘 지내는지에 대해 장황하게 늘어놓는다. 따지고 보면 그건 사실이다. 대개의 사실은 기억이 되는 순간부터 사실과 관계없이 일그러지고 생략되기 마련이지만 사실 사는 데 큰 문제가 되는 것은 아니다. 이 여유로운 시간이 남자에게 그 기억들을 재고하고 정리할 기회를 준 것뿐이다.

"……하루에도 몇 번씩 너희들을 위해 기도하고 있단다."

어머니가 갑자기 울먹거리기 시작한다. 자신이 얼마나 남자를 사랑하는지 되풀이 말하는 그녀는 좀처럼 흐느낌을 멈추지 못한다. 결국 어떤 기억도 이어 붙이지 못한 채 서둘러 통화를 끝낸 남자는 한숨을 쉬며 관자놀이를 문지른다. 지나친 다정함이 때로 피로를 부른다는 사실을 새삼스레 깨닫는다. 여자들이란 섬세한 도자기와 같다던 아버지의 말을 들으며 자란 덕분에 자신도 섬세하고 지적인 아내에게 매혹된 거였지만 분명 참기 어려운 순간들이 있다.

고백하자면 사흘 내내 아무 연락이 없는 아내의 행동이 못내 섭섭하다. 도착한 당일은 물론 어제도 아내에게 전화를 걸었지만 아내에게서 어떤 반응도 없다. 물론 아내는 좋은 여자였다. 그를 아는 모든 사람들이 아내를 사랑했고 남자도 마찬가지였다. 크고 작은 불운이 그들을 지나가거나 누군가의 불행을 목도해야만 했던 적도 있지만 그게 삶이라는 걸 의심해 본 적은 없었다. 오히려 그런 일들 때문에 남자는 더욱더 열심히 일했고, 최선을 다해 아내를 사랑했다. 그런데 아내는 행복해 보이기는 커녕 더 많은 것을 의심하고 걱정했다. 얼마 전 뉴스를 보던 아내가 해마다 이맘때쯤 한두 번씩 접하는 사고 소식에 울음을 터트린 건 정말 이상하기까지 한 일이었다. 불이 난 곳이 하필 그녀가 결혼 전에 살던 동네라는 것이 그렇게 울 일인가 싶어 한동안 우는 아내를 바라보기만 했다.

"그때도 불이 났던 적이 있어요. 물론 저는 전혀 위험하지 않았고요."

한참 만에야 겨우 진정을 한 아내가 두 손을 모으고 말했다. 정말이지 그 불은, 살아 있는 것 같았어요. 아주 잠깐이었지만 아름답다는 생각이 들 정도였으니까요. 아내는 고백하듯 털어놓았다. 남자는 잠자코 아내의 목소리에 귀 기울였다. 아내가 울지만 않는다면 어떤 고백도 들어 줄 용의가 있었다. 아내의 목소리가 점점 속삭이듯 낮아졌다.

"불이 난 건 해가 질 무렵이었어요. 한 여자가 울부짖고 있었죠. 바로 제 눈앞에서 말이에요. 아이가 안에 있다고 발을 구르는 그 여자 주위에는 온통 하얀 덩어리들이 흩어져 있었어요. 검댕과 구정물과 사람들의 발자국으로 어수선한 바닥에 떨어진 그건 정말 뭔가 끔찍한 느낌이었는데…… 여보, 그건 두부였어요, 왜 그게 거기 있는지 몰랐지만 정말 사방이 온통 시커멓게 짓이겨진 두부투성이었어요."

가느다랗게 한숨을 내쉰 아내는 아랫입술을 지그시 물고 울음을 참기 위해 애썼다. 누군가의 불행을 지켜본다는 것은 언제나 가슴 아픈 일이지만 굳이 왜 오래된 기억을 끄집어내는 걸까. 남자는 아내의 어깨와 팔을 쓰다듬으며 조심스럽게 입을 열었다.

"그건 누구에게나 닥칠 수 있고, 누구나 조심해야 하는 일이야, 여보. 그저 그런 일일 뿐이야."

"엄마라면…… 죽더라도 아이 곁에 함께 있어야 하는 거 아니냐고……. 그건 정말 저도 모르게 나온 말이었어요. 아무것도 모를 때였죠. 맹세코 그녀가 불 속으로 뛰어들기를 바란 건 아니에요. 그건 그냥 혼잣말이었다고요. 그런데…… 제가 정신을 차렸을 때는 이미 모든 일이 일어난 후였죠. 모든 것이 순식간이었어요."

남자는 입술을 떠는 아내를 바라보며 그 고백의 맥락을 파악하기 위해 애썼다. 만약 그 말이 사실이라면 아내는 분명 죄책감에 관한 얘기를 하고 있는 거였다. 아내의 말대로 악의는 없었을 거다. 아내는 좋은 여자니까.

"오래된 일이야, 여보. 분명히 가슴 아프고 유감스러운 일이지만……. 당신 때문이었을 리가 없어. 그런 일로 스스로를 괴롭히지 마."

남자를 똑바로 쳐다보는 아내의 두 눈에서 다시 굵은 눈물이 흘러내렸다.

"……하루에도 몇 번씩 이게 꿈이면 좋겠다고 생각해요. 그저 악몽을 꾸고 있는 것이라고……. 그러나 현실이 꿈이 될 수는 없어요. 그렇게 살 수는 없다고요. 당신도…… 그걸 알아야 해요."

아내는 그때 무슨 말을 하고 싶었던 걸까. 남자가 생각하기에 돌이킬 수 없는 그 일에 대해 아내가 지금 알아야 할 일은 없다. 아내가 갖는 죄책감에 대해서는 이해하지만 그렇다고 이제 와서 꿈을 운운할 일은 아니라는 말이다. 그 일은 그저 비극적인 상황에서 우연히 맞물린 또 다른 비극일 뿐이다. 아내는 그저 불운한 사람들이 겪은 사고를 우연히 목격한 목격자에 지나지 않는다. 조심해야 해. 그게 우리가 할 일이야. 그런 생각을 하는 남자는 어쩐지 꼼짝도 할 수가 없어서 팔짱을 끼고 겨우 자세를 고친다. 언제든지 그 자리에서 일어날 수 있도록 의자를 뒤로 뺀 채. 위기마다 뒤로 물러서거나 팔짱을 끼는 건 남자의 오랜 습관이다. 그러면 안 돼, 얘야. 그때마다 어머니는 남자를 부드럽게 나무랐다. 턱을 들고 가슴을 펴렴. 넌 씩씩하고 용기 있는 청년이야. 어머니는 늘 그렇게 말했다. 모두가 널 사랑한다는 걸 잊지 마. 모두가 남자에게 그렇게 말했다. 남자도 잘 아는 사실이다. 그러나 어느 순간부터 뭔가 잘못되어 가고 있다. 그 알 수 없는 이유를 애써 마주하지 않는 이유는 자기 내부에서 막연히 자라는 두려움 때문이다. 두려움의 실체를 확인하는 일은 언제나 쉽지 않다. 그걸 남자에게 처음 알려 준 사람은 아버지였다.

나무 밑동이나 바닥에 난 구멍을 함부로 헤집으면 안 돼. 남자가 들판에서 노는 시간이 늘기 시작했을 즈음부터 남자의 아버지는 그렇게 일렀다. 남자는 아버지의 팔에 매달리며 이유를 물었다. 왜요? 왜 그래야 해요? 그건 또 다른 세상으로 통하는 문일 수도 있잖아요. 아버지는 고개를 젓히며 웃었다. 정말로 사랑스러워 못 견디겠다는 듯이 몇 번이나 남자의 머리를 헝클어뜨리며 말이다. 얘야. 안이 잘 보이지 않는 구멍들은 비밀을 숨긴 경우가 많단다. 그걸 감당할 때까지는 기다릴 줄 알아야 해. 그러나 남자는 그 뒤로도 나무 구멍을 쑤시다가 말벌에 쏘여 응급실 신세를 지거나 불개미 떼에 쫓기기도 했다. 세상의 모든 아이들이 그렇듯 남자도 몇 번의 위험을 경험하고 나서야 아버지의 말을 알아듣게 된 거였다. 남자는 점차 호기심과 두려움이 동전의 양면과 같다는 사실을 알게 되었고 가까이 가고 싶은 만큼 멀리 돌아갈 줄도 알아야 하는 게 인생이라는 걸 차츰 깨닫게 되었다. 그렇게 어른이 된다. 이제 호기심에 가득 차 들판의 구멍을 들쑤시며 뛰어다니기에 너무 커 버린 남자에게는 더 이상 알고 싶은 삶의 비밀도 없다. 정말이지 남자가 바라는 건 단지 조용하고 평화로운 삶이다.

장대비가 내린다. 대바늘처럼 굵은 비가 지상의 모든 것들에 꽂힌다. 평화롭게 숲에 공명하던 딱따구리 소리도, 대기를 떠돌던 물안개도 어느새 사라졌다. 세상에 남은 것이라고는 남자와 비뿐인 듯하다. 남자는 눈앞에서 뜨거운 핏줄처럼 번졌다가 사라지는 번개를 바라보며 숫자를 센다. 하나, …… 둘, 셋. 소리와 빛의 시간차를 가늠하는 계산법을 알려 준 건 누구였을까. 살아오며 많은 것을 경험하고 배웠지만 여전히 모르는 것과 알고 싶지 않은 것은 있다. 하늘이 무너지는 소리가 들린다. 세상이 한순간에 불이 난 듯 환해지는가 싶더니 번개가 숲으로 떨어진다. 새들이 잎사귀처럼 허공으로 솟아오른다. 남자는 머리를 움켜쥔다. 눈을 감고 숨을 몰아쉰다. 소리보다 앞서는 감각들과 일어나기도 전에 먼저 주저앉는 예감들 때문이다.

가까이 가면 안 돼. 누군가 그렇게 소리친 적이 있다. 신호등 위에 앉아 있던 비둘기들이 한꺼번에 날아오르던 순간이었다. 남자는 세차게 고개를 흔든다. 머릿속에서 떠오르는 장면을 부정할 수 있다면 무엇이라도 할 수 있을 것 같다. 그러나 한번 떠오른 기억은 좀처럼 멈추지 않는다.

횡단보도 건너편에 서 있던 한 무리의 사람들이 입을 막고 멈춰 서고 아내는 새된 비명을 지르며 달려오고 있었다. 젠장. 남자는 귀를 막으며 내뱉듯 말한다. 그날의 갑작스러운 비명과 울음소리가 소용돌이치듯 남자의 주위를 빙글빙글 돈다. 그 소란스러움 가운데에서 남자는 천천히 돌아섰다. 그게 뭔지도 모르면서 등 뒤의 뭔가를 보기 위해.

남자는 땀을 흘리기 시작한다.

그날 돌아선 자신이 본 건 작은 우산이 다였다. 펭귄이 그려진 우산이었다. 아니, 펭귄이 아니라 요즘 유아들 사이에서 유행하는 캐릭터라고 했다. 그뿐이었는데 전 생이 다 지워져 버린 것 같았다.

빗소리가 온몸을 두드린다. 남자는 한참 만에야 눈을 뜨고 손을 내려다본다. 손안에서 빠져나간 작고 따뜻한 손. 그 손의 주인은 누구였을까. 손을 뻗었는데 왜 아무것도 잡을 수 없었을까. 이명 때문에 숨쉬기가 어려워진다. 자신에게 들리는 사이렌 소리가 실재가 아니라는 걸 알면서도 남자는 다시 귀를 막는다. 머리가 타는 듯 뜨겁다. 자신은 지금…… 누군가의 악몽을 대신 꾸고 있는 것이다. 그러니까 여기는…… 여기가 아니다. 젠장. 남자는 입술을 깨물며 중얼거린다. 작고 사랑스러운 것들. 그런 건 처음부터 없던 것들이다. 그건 당신 잘못이 아니에요. 사람들은 남자에게 말했다. 산 사람은 살 궁리를 해야죠. 남자가 아는 모든 사람들은 하나같이 그렇게 충고했다. 남자는 그들의 말대로 하기 위해 노력했다. 좋은 생각만 하기 위해 애썼다. 이를테면 마당의 유자나무 두 그루와 자전거를 세워 둔 뒷마당이나 식기에 부딪치는 은수저 소리와 아버지의 경건한 기도로 시작되던 식사 시간들, 바람이 불면 그 바람 소리에 맞춰 삐걱거리는 창, 창들. 마룻바닥으로 쏟아지던 사양, 밤마다 달빛에 흔들리던 유자나무의 검은 잎사귀들과…… 방울 소리처럼 잘게 퍼지던 웃음소리들. 그러나 그 생각들의 맨 마지막에는 아무것도 없었다. 오직 아무것도 없다는 사실만이 남을 뿐이었다. 이겨 내야 해요. 남자가 모르는 사람들도 그렇게 말했다. 뭘 이겨 내야 한다는 건지 몰랐지만 아무것도 없다는 사실을 이겨 내기 위해 남자는 아무 생각도 하지 않았다. 그게 모든 사람이 원하는 일이었고, 동시에 아무것도 남지 않은 자신이 할 수 있는 유일한 일이라고 생각했다. 운다고 달라지는 건 없었다. 정말이지 남자는 언젠가부터 무책임하거나 불분명한 위로로부터 벗어나기 위해 최선을 다했다. 그야말로 죽음처럼 조용한 삶. 남자가 바라는 건 그게 다였다.

남자는 마침내 소리 내어 울기 시작한다.

작가의 말

코가 맵다. 코를 훌쩍이며 가을, 이라고 중얼거려 본다. 몸이 먼저 아는 것들이 있다. 모르는 것이 많은 나에게 내가 알려 주는 것들이 있다. 그게 나를 나로 살게 한다.

자주 돌아보게 되는 날들이다. 있었던 것과 여전히 있는 것, 없던 것과 어느새 여기 있는 것, 그리고 이제 없는 것들. 나는 날마다 반추하고 반성한다. 반성이 나를 살게 하는 것은 아니지만 반성밖에 할 일이 없는 시절도 있다. 그걸 알 만큼 많은 실수와 실패를 지나왔다.

보이지 않는 것들이, 보고도 못 본 척 지난 것들이 여전히 여기 있다는 걸 안다. 그럼 이제 뭘 해야 할까. 늘 그런 생각을 하며 책상 앞에서 일어났다가, 다시 그 자리로 돌아온다.

매번 막다른 마음으로 쓴다. 그런 나를 여기에 이를 수 있도록 도와준 사람들, 마음들에게 감사를 전한다. 더불어 책을 내는데 조력을 아끼지 않아 주신 민음사 편집부 김화진 님과 서효인 편집장님께 감사드린다.

2019년 가을

김선재

작품 해설

사람의 조건

노태훈(문학평론가)

한국 문단에서 시와 소설 쓰기를 병행하는 작가는 그리 흔치 않고, 또 그 양쪽에서 공히 작품성을 인정받는 경우는 더욱 드물다. 여기에 꾸준히 작품 활동을 이어 나가며 자신의 이력을 채워 나가고 있는지를 다시 조건으로 삼으면, '김선재'라는 이름이 떠오르지 않을 수 없다. 두 권의 시집과 단편, 연작, 장편이 고루 포함된 세 권의 소설, 여기에 영화에 관한 에세이까지. 그의 글쓰기는 '전방위적'이라는 수식어가 더없이 어울리는 것처럼 보인다. 이럴 때 우리는 김선재라는 작가의 세계를 한눈에 조망하고 싶어지지만, 또 몇 가지 키워드를 동원해 그렇게 하지 못할 이유도 전혀 없지만, 여기에서는 '두 번째 소설집'으로서의 『누가 뭐래도 하마』에 관해 이야기를 하고 싶다.

이 책에 실려 있는 작품들은 김선재의 첫 번째 소설집이었던 『그녀가 보인다』(문학과지성사, 2011) 이후 약 8년간 써 온 단편들이고, 이 작품들 속에서 그간 김선재가 펴냈던 여러 작업들의 편린이 엿보이는 것은 사실이다. 또한 김선재의 단편들이 공유하고 있는 감각이나 문제의식도 분명하게 겹쳐 보인다. 요컨대 고통과 상처 속에서 신음하는 소외된 자들의 목소리를 담아내되 그들을 섣불리 바깥으로 끄집어내어 회복이나 치유의 과정으로 손쉽게 데려가지 않고 현재의 자신을 정확히 깨닫도록 만드는 것, 그러니까 무수한 복기를 통한 자각의 순간이라고 명명할 수 있는 서사가 그것이다.

『누가 뭐래도 하마』의 작품들 역시 한 사람이 가진 사연은 그리 단순하지 않고, 그들이 가진 상처와 감당해야 할 고통은 쉽게 드러나지 않는다는 점에서 그러한 세계를 공유하고 있다고 할 수 있을 것이다. 그럼에도 불구하고 이번 소설집에 모인 작품들은 지난 세계(라고 말해야 할 만큼)의 서사와 조금 결이 달라 보이는데, 초창기 김선재의 단편들이 '삶'과 '기억'이라는 문제에 골몰했다면 이번 소설집에 실린 작품들은 '죽음'과 '시간'에 한층 가까워졌기 때문이다.

그런데 삶에서 죽음으로, 기억에서 시간으로의 변화는 그다지 유의미한 변화라고 생각되지 않을지도 모른다. 삶을 문제 삼자면 그것은 곧 죽음이라는 사유와 분리될 수 없고, 기억은 그 자체로 시간의 문제가 아니던가. 하지만 질문의 방식이 달라진 것이라면 어떨까. '어떻게 살아야 할 것인가'에서 '왜 살아야 하는가' 혹은 '왜 죽지 못하는가'로, 또 '어떻게 기억해야 하는 것일까'에서 '기억이란, 시간이란 무엇인가'로 이 작가가 물음의 방향을 바꾼 것이라면 말이다. 아니, 바꾼 것이 아니라 그것 자체를 묻기 시작했다고 해야 조금 더 정확할 것이다. 인간에게 주어진 조건을 감당해 나가는 방법이 아니라 그 조건을 의심하는 형태로, 죽음과 시간이 대체 어떤 의미인지 그 끝자락에 서 있는 인물들을 통해 김선재는 심문한다.

거의 모든 소설을 통해 죽음과 시간을 되묻는 김선재는 결국 그것이 엄연한 '실체'라는 것을 깨닫게 된 것 같다. 그는 시간과 죽음이 맞부딪힌 자리에 환상이 아니라 지독한 현실을 가져다 놓는다. 그것은 곧 사람이 겪어야 할 무수한 폭력의 양상인데, 유독 강조되는 것은 유년기에 겪는 치명적인 폭력들이다.

표제작인 「누가 뭐래도 하마」를 가장 먼저 언급하지 않을 수 없겠다. 이 작품에서 '양'은 엄마에게 버림받아 '유조 씨'의 집에서 생활한다. 자신의 나이가 몇 살인지도 알지 못한 채, 집 안에만 갇혀 허기와 싸워 가며 하루하루를 버티는 양은 대부분의 기억을 잊었다. "어느 순간 엄마는 사라졌고 자신은 누군가에게 이끌려 보호시설에 맡겨졌다는 사실"(17쪽) 정도만 자각하고 있는데, 그 보호시설에서 양을 데려온 것이 '유조 씨'이다. 유조 씨는 건강을 무척 염려하는, 아마도 죽음이 가까워진 노년의 인물이고, 어찌 되었든 양을 보호하고 있다는 점으로 추측건대 양의 외조부일 가능성이 커 보인다. 그는 심각한 비만 상태에 있는 양을 '관리'하기 위해 냉장고를 열쇠로 걸어 잠그고 식사를 준비하는 동안만 최소한의 요리를 할 수 있게 한다. 이 통제와 감시, 그리고 미칠 듯한 허기 속에 양이 이성을 잃고 냉장고 열쇠를 훔쳐 게걸스럽게 음식을 입속으로 쑤셔 넣는 마지막 장면은 불가피한 결말일 것이다.

이때 양은 유조 씨에게 맞아 가면서 "먹고 싶은 대로 먹고 싸야 할 때 싸는" "동물의 할 일"을 "가장 우아하고 당당하게 해내는"(11쪽), 어릴 적 보았던 하마를 떠올린다. "누가 뭐래도 상관하지 않"(41쪽)고 자연스럽게 자신의 욕망을 실현하는 '하마'와 '양'은 그렇게 대비된다. 늘 기도를 하면서 "모든 일을 그저 신의 뜻"(11쪽)으로 여겼던 엄마에게 양은 철저히 속죄의 산물로 간주되었다. 고통을 감내하면서 신의 구원을 기다리는 어린 양이자 제물로 희생되어야 하는 그 '양(羊).' 그러나 양은 그러한 자신을 받아들일 수 없다. 또래의 따돌림과 괴롭힘을 감당하고, 자신의 비대한 몸을 긍정하지 못하면서 오로지 기도로 신에게 의탁하는 것은 그에게 불가능했다. 양은 '누가 뭐래도 하마'였던 것이다. "오밤중에 뭘 훔쳐 먹"는 일은 "개돼지도 안 하는 짓"이라고, "사람이라면 사람답게 덜 먹고 더 움직여야 한다."(13~14쪽)라고 유조 씨는 양에게 늘상 말하지만 양은 한 라디오 방송에서 우연히 들은 "삶에서 희망을 만들어 내는 것이야말로 인간이 하는 일 중 가장 멋진 일"(19쪽)이라는 말을 잊지 못한다. 사실 "자기 몸을 돌보지 않는 건 사람도 아니다."(15쪽)라는 말을 내뱉는 유조 씨는 자신만큼이나 양 역시 질병에 시달리고 있다는 것을 알지 못했다. 그저 적당히 먹고 부지런히 움직이면 '사람'이 되는 것이 아니라 유조 씨 자신처럼 매끼 식단을 조절하고 규칙적인 운동과 관리가 필요한 질병을 앓고 있었음을 몰랐던 것이다. '사람'이라는 말에는 우리를 '짐승'과는 분리하려는 목적이 분명하게 숨어 있고, 그럴 때 '사람답다'는 말은 그 자체로 폭력일 수 있다.

위태롭게 소외와 학대의 순간을 견디는 인물은 「아무도 모른다」에도 등장한다. 고레에다 히로카즈의 영화 「아무도 모른다」(2004)의 세계를 공유하는 듯한 이 작품에는 사라진 엄마의 자리에 냉대와 무관심으로 아이를 방치하는 부모를 등장시킨다. 그간 사회적으로 문제가 되었던 학대의 사건들을 떠올리는 것은 자연스럽고, 소설은 그만큼이나 고통스럽다. 그들은 여지없이 "사람이면 좀 사람 새끼답게 굴어."(162쪽)라고 말하면서 '너'를 때리고 묶어 놓는다. 그렇게 베란다에서 서서히 죽어가는 '너'를 지켜보며 "이야기에서 이야기로 전해지는 삶과 말에서 말로 전해지는 감각을 표현하는 게 할 일의 전부"(163쪽)라고 쓰고 있는 '나'는 누구일까. 말을 잃어버린 '너'를 대신한 이야기 그 자체이기도 할 것이고, 곁에 머무는 삶이면서 마지막 숨을 함께 하는 죽음이기도 하고, 결국 '너'의 다른 모습일지도 모르겠다. 또한 희망 없이 세계를 떠돌면서 서로를 감각할 수 없는 무력한 존재이자 허공에서 미약하게 '발음'되는 목소리일지도 모른다. 죽음으로 이르는 마지막 숨만이 "우리의 처음이자 마지막 의지"(167쪽)로 여겨지는 이 비극적 장면에서 우리는 정말로 우리가 알지 못하는, 아무도 모르는 죽음이 잔존하고 있음을 깨닫는다. 폭력과 죽음은 결코 막연하지 않고, '희망'이라는 말은 다시 이 소설에서 저 멀리 사라지는 것처럼 보이기도 한다.

아이를 두고 떠나 버리는 '부모'라는 존재는 「일일시고일」에서 더 분명해진다. 자신을 버렸던 엄마의 죽음을 수습하는 '남자'와 임신중절을 선택할 수밖에 없었던 '소녀'가 서로의 사연을 공유하는 이 작품은 혈연으로 탄생하는 '관계'가 얼마나 지독한지, 그럼에도 불구하고 결국 "노래는 끝나고 영영 혼자가 되었다는 사실"(114쪽)을 깨닫게 되는 것이 삶임을 보여 준다. 사람은 아주 우연하게 죽음에 이르기도 하고, 특별하다고 생각했지만 사실은 매우 뻔한 관계 속에서 인생을 살아간다는 것을 이 작가는 위선적인 남성 인물과 착취와 상처로 고통 받는 전형적인 여성 인물로 드러내 보인다. 다소 도식적이고 작위적인 설정으로 여겨질 수 있는 이 서사 구도에서 우리가 읽어 내야 할 것은 현실의 삶이 늘 '답습'이라는 사실이다. 김선재의 세계에서 우리는 죽음 앞에서라야만 처절하게 자신을 드러내는 인물을 종종 마주하고, 동시에 그들이 눈을 감는 그 순간까지도 끝내 '사람'임을 알게 된다. 이것은 곧 죽음이 아니고서는 '사람'을 벗어날 수 없는 인간의 숙명적 한계를 보여 주는 것이기도 하다.

「죽지 않는 사람들」에서 '알'과 '나'의 관계를 보자. 사고로 누워 있는 노인에게 복지 프로그램의 일환으로 책을 읽어 주는 청년이 있다. "희망이나 기대 없이 죽어 가는 노인"인 '나'는 구걸하고 개고생을 하며 보냈던 어린 시절, 아마도 삼청교육대 같은 곳으로 짐작되는 수용 시설에서 '교화'라는 이름으로 경험했던 무수한 폭력들을 떠올린다. 그러니 알이 읽어 준 문장을 듣다가 "개나 돼지보다 못한 사람이 되는 건 너무나 쉬운 일일 것에 반해 사람이 되는 조건은 가혹하다"고, "아무것도 잊으면 안" 된다는 것은 "신과 인간이 말을 주고받았던 시대"(176쪽)에나 가능한 것이라고 '나'가 생각하는 것은 당연하다. 그에게 과거의 시간이란 늘 자신을 처참하게 만드는, 가능하다면 모조리 잊어버리고 싶은 기억들이다. '안병수'라는 이름마저 버리고 번호나 성으로만 불렸던 그에게 종종 떠오르는 조교의 말은 "사람답게 살고 싶으냐"(201쪽)는 질문이다. 도대체 무엇이 사람일까. 늘 남자에게 맞으며 비명을 지르던 위층의 여자는 지금 다시 서로를 죽일 듯 섹스를 하고 있고, 그 소리를 들으며 알은 동성의 과외 선생님에게 입을 맞추었던 이야기를 고백하고 있으며, '나'는 과거 군홧발에 짓밟히던 밤 개에 물려 죽었던 청년을 떠올리는데, 이 지독한 각자의 시간들이야말로 '개나 돼지'가 아닌 '사람'이 감당해야 할 몫인 것일까. '나'는 "문득이라는 단어로 이전과 이후가 생긴다는 사실"을 알고 있고, 그래서 문득 "기운을 차리고 희망을 가져서 믿음까지 가지고 싶어질까 봐"(192쪽) 걱정한다. 그는 알고 있는 것이다. 사람답게 산다는 것이 얼마나 위험한 일인지. 결국 알까지 공포에 질리게 만들어 떠나보낸 뒤 '나'는 죽음과 대화를 시작하고 철저하게 고독한 죽음을 맞는다.

「남은 사람」 역시 죽음을 가까이 둔 노년 주인공이 등장하는 작품이다. "난생 처음 글이라는 걸 써 보고 싶다는 생각"에 지금 "지금 이 글을 쓰는" '나'는 김선재의 많은 인물들처럼 "사람이라면 그 마지막이 닥치기 전에 어떤 방식으로든 삶을 정리해야 한다는", "사람다운 일"(214쪽)을 고민한다. 그리고 다시, 앞서 '문득 이전과 이후'처럼, "그 순간에 우리가 스스로를 위해 할 수 있는 일은 영영 이전으로 돌아갈 수 없다는 사실을 받아들이는 것뿐"이라는 책의 문구를 발견하고 숨을 쉴 수 없는 상태로 "오래전 한낮"(216쪽)을 떠올린다. 연인이었던 '그'가 '나'를 버려두고 떠나 버린 그 날 이후, 또 더 이상은 견딜 수 없어 '나'가 그를 버렸던 이후, '나'의 시간은 멈추었다. 하지만 세상의 시간은 당연히 멈추지 않아서 속절없이 흘렀고, "죽이고 싶을 만큼 사랑했"기 때문에 "기척 없이 평생을 기다"(237쪽)려 '나'는 그를 약수터 돌계단 밑으로 밀어 버렸다. "어떤 사랑은 끝이 난 후에 다시 새롭게 시작"하고, "나는 다시 새롭게 그를 그리워"(239쪽)하기로 하는데, 사실 이 소설에서 가정이 있던 남자를 사랑한 여자와 그들의 시작과 끝이라는 얼개는 그다지 중요해 보이지 않는다. 오히려 '나'가 가지고 있던 그 시계로 말미암아 사람의 시간은 멈추기도, 다시 흐르기도 한다는 인식에 더 초점을 두어야 할 것 같다. 시간은 절대적인 것이지만, 그리하여 모든 사람을 죽음의 순간까지 도달하게 만들지만 어떤 사람들은, 또 어떤 시간들은 유예되기도 한다는 것을 이 작가는 보여 준다. 그리고 그것은 당연하게도 너무도 불확실한 사람의 '기억'에 기반하기 때문인데, 이를 잘 드러낸 작품이 「3번 국도」이다.

스포츠 칼럼니스트인 '남자'가 한 달 간의 유급휴가를 떠난 것으로 시작하는 이야기는 조금씩 불안한 분위기를 풍기면서 '아내'와의 사이에서 어떤 사건이 벌어졌음을 짐작케 한다. 여행지에서 남자가 과거의 일들을 떠올리면서 자신의 후배, 아내, 어머니와 연락을 주고받는 장면에서 우리는 서서히 아이의 죽음이라는 사건이 이들을 그 이전과 이후로 나뉘게 했음을 알게 된다. 뒤섞이는 기억과 악몽 가운데 남자가 분명하게 바라는 것은 "단지 조용하고 평화로운 삶"(273쪽)이다. 그리고 그것은 곧바로 "죽음처럼 조용한 삶"(277쪽)이라는 말로 대치된다. 펭귄 캐릭터가 그려진 노란 우산을 쓰고 가다가 자신이 손을 놓친 사이에 차에 치어 세상을 떠난 아이를 두고 그리움과 죄책감을 느끼는 정도로 남자는 살아갈 수 없다. 곧바로 죽을 수 있었다면 아마 그러한 선택을 했을지 모른다.

하지만 결코 시간은 멈추어 주지 않고, 이럴 때 "산 사람은 살 궁리를 해야"(276쪽)한다는 말은 무섭다. 차라리 그것은 "무책임하거나 불분명한 위로"에 가깝다고 해야 할 것인데, 모든 사람들이 예외없이 "이겨내야 한다"(276쪽)고 말하는 것도 마찬가지이다. 그렇다면 누군가는 남자에게 더 이상 살 이유가 없다고, 오늘부터 당신은 '죽음 같은 삶'을 살아야 한다고 말해 줬어야 했을까? 그럴 수는 없을 것이다. 사람이라면 어쩔 수 없이 대체로 고통스럽지만 결국은 살아야 하고, 시간의 흐름을 온몸으로 견뎌야 한다. 이 소설집의 인물들이 끝내 죽지도, 살아 있지도 않은 상태로 존속할 수밖에 없는 이유가 거기에 있을 것이다.

「아는 사람」과 「한낮의 디지」가 다루고 있는 친족 성폭력의 문제도 언급하지 않을 수 없다. 전술했듯 김선재의 서사에서 중요하게 부각되는 폭력의 양상은 유년기에 부모로부터 당하는 학대이다. 그리고 그 중 가장 심각하고 처참한 피해의 사례 중 하나가 친족 성폭력임은 두말할 것도 없다. 「아는 사람」에서 '나'는 '지혜'에게 7년 간 과외를 했었고, 대학 진학 이후에도 주기적으로 연락을 주고받아 왔다. 당연히 오리라 생각했던 '나'의 결혼식에 나타나지 않은 이후로 3년 만에 '나'는 지혜를 만난다. '나'는 지혜가 연락을 해 온 이유가 아버지에게 당한 성폭력 트라우마 때문이라는 것을 알게 되고, 여기에 자신의 지옥 같던 시절, 지금 남편에 대한 기묘한 집착이 겹쳐진다. 그리고 그 이야기들 사이로 "빼꾸기시계"(125쪽) 소리가 계속 들려온다.

시간이 흐르고 있음을 집요하게 알리는 그 소리는 '나'가 남편과 지혜 사이에서 모종의 선택을 감행해야 한다는 경고처럼 들린다.

「한낮의 디지」에서 '디지'는 "25년 만"(45쪽)에 '나'에게 전화를 걸어온다. "남쪽의 작은 항구 근처에 살던 큰이모의 막내딸이었"(47쪽)던 디지는 딸만 다섯이었던 집의 막내여서, 이름의 내력이 알려주듯 어디로부터도 환영받지 못한 채 어른들에 의해 '나'의 집으로 거처를 옮기게 된다. 그곳에서 고교 시절 정도를 보낸 디지가 갑자기 사라졌다고만 생각했던 '나'는 그것이 자신의 어머니에 의한 종용이었음을 알게 되고 단지 "주인집 아들"과의 "은밀한 연애"(73쪽)만이 문제가 아니었음을 서늘하게 기억해 낸다. "아빠가 사우디에서 돌아온 지 6개월쯤 지난 무렵", "디지의 곁에 눕던 그림자", 그리고 "검은 그림자와 함께 새어 드는 알코올 냄새와 그림자에서 뻗어 나오는 손가락들"에 대해, 엄마에게 "꿈 얘기"(75쪽)라고 들려주었던 열세 살의 '나'를 떠올린 것이다. 그러니까 "입 하나 덜"(47쪽)기 위해 사촌 집으로 보내지고, 자신의 연정은 "올라가지도 못할 나무를"(73쪽) 기웃대는 것으로 취급받았으며, 친족 남성의 더러운 손길을 고스란히 감당해야 했던 것은 말 그대로 디지가 '디지지' 않고 '딸'로 태어나 살아남았기 때문일지 모른다. 또 그 이후 디지가 당한 교통사고와 몇 달 전 겪게 된 이혼은 어떨까. 이 모두가 태생적으로 기인한 디지의 운명적인 행로라면, 디지에게는 성폭력 가해자이자 '나'의 아빠인 사람이 묻혀 있는 현충원 묘지 앞에서 디지가 분명하게 사과를 요구하는 지금 이 소설의 상황은 통쾌하기까지 하다.

물론 죽어서 누워 있는 '나'의 아빠는 말이 없고, '나'는 디지의 요구를 피하면서 자리를 뜨려 한다. 마지막 문장에서 '나'는 "이제 정말, 돌아갈 시간"이라고, "정말이지 내가 아는 건 그게 다"(77쪽)라고 말하는데, 디지라면 아마 코웃음을 치고 돌아갈 시간 같은 건 없다고 말할 것이다. "평생 이름 때문에 죽은 것처럼 살았"(66쪽)지만 앞으로의 시간은 완전히 다를 것이라고, 디지가 아니라 '해지'로서의 삶을 새롭게 시작할 것이라고 디지가 선언했기를 바라며 이 소설 이후를 상상했다.

·

대체로 문학 작품 속의 인물들이 그렇지만 이

소설집의 인물들은 유독 고통과 상처 속에서 살아간다. 죽지 못해 사는 것이 아니라 죽기 위해 사는 것처럼 보일 정도로, 이토록 지독하게 죽음을 곁에 둔 인물로 일관하는 작품집은 드물 것 같다. 결국 김선재가 묻는 것은 '사람의 조건'이라고 할 수 있겠다. 단순하게 말하면 사람은 태어나서 살다가 죽는 존재이다. 그러나 복잡하게 말하면 자신의 의지와는 무관하게 세계로 내던져져서 알 수 없는 이유로, 고통스러운 일을 견디며 살아가다가 끝내 죽음조차 (대체로는) 자신이 선택하지 못하고 생을 마감하는 철저하게 시간에 종속된 존재일 것이다.

하지만 이 소설을 비관적으로만 읽지는 않기로 하자. 「누가 뭐래도 하마」의 '양'이 그랬던 것처럼 사람은 백 가지의 고통 속에서도 단 하나의 희망만으로 살아갈 수도 있는 존재이니까. 죽음 같은 삶일지라도 그것은 삶이므로, 다시 시작한다는 것은 불가능한 일만은 아니므로.

누가 뭐래도 하마

1판 1쇄 찍음 2019년 9월 13일
1판 1쇄 펴냄 2019년 9월 20일

지은이 김선재
발행인 박근섭, 박상준
펴낸곳 (주)민음사

출판등록 1966. 5. 19. (제16-490호)
서울특별시 강남구 도산대로1길 62(신사동) 강남출판문화센터 5층
대표전화 02-515-2000 팩시밀리 02-515-2007
www.minumsa.com

ISBN 978-89-374-4394-7 03810